加速世界

19 黑暗星雲的引力

川原 礫

插畫 / HIMA

Kadokawa Fantastic Novels

Graphite Edge
曾是「黑暗星雲」幹部集團「四大元素」之一。目的與真實身分仍然是一團謎。
「從這裡看，實在看不出是什麼樣的物品呢……」
「那就是最終神器，The Fluctuating Light……」
「保護這玩意兒的八神，戰鬥力應該超越四神。」
Silver Crow
新生「黑暗星雲」的團員，加速世界當中唯一擁有「飛行能力」者。本體是有田春雪。
Sky Raker
新生「黑暗星雲」團員。是傳授春雪「心念」的「師父」。本體是倉崎楓子。

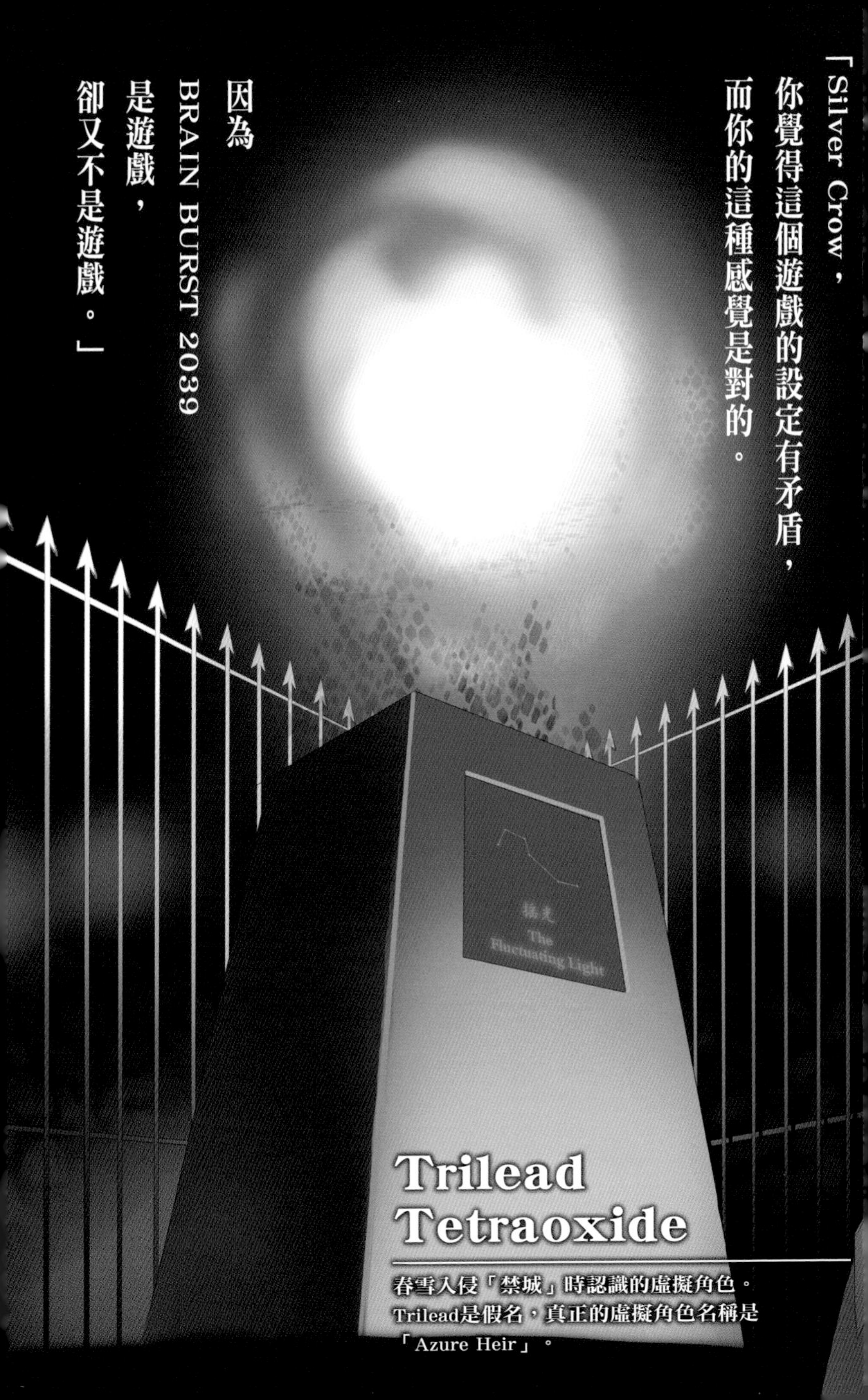
「Silver Crow，
你覺得這個遊戲的設定有矛盾，
而你的這種感覺是對的。
因為
BRAIN BURST 2039
是遊戲，
卻又不是遊戲。」
The Fluctuating Light
Trilead Tetraoxide
春雪入侵「禁城」時認識的虛擬角色。
Trilead是假名，真正的虛擬角色名稱是
「Azure Heir」。

「我們Prominent團隊，
就從現在開始運作！
大家一起加油吧！」
生澤真優
春雪、拓武與
千百合的同班同學，
也是這一班的班長。
「加油！」
「加油！」
春雪
國中校內地位金字塔最底端的少年。
新生「黑暗星雲」團員。
對戰虛擬角色是
「Silver Crow」。
拓武
春雪的好友，通稱博士。
是黑雪公主所率領的新生「黑暗星雲」團員。
對戰虛擬角色是「Cyan Pile」。

「你……你這個僕人知不知道自己在做什麼！
你以為你一個僕人可以做出這種
冒犯的行為嗎！」
梅丹佐
潛伏在加速世界四大迷宮之一
「芝公園地下大迷宮」最深處的
大天使本體。
把Silver Crow當僕人看待。

黑雪公主
虛擬角色：
「Black Lotus」
倉崎楓子
虛擬角色：
「Sky Raker」
日下部綸
虛擬角色：
「Ash Roller」
倉嶋千百合
虛擬角色：
「Lime Bell」
冰見晶
虛擬角色：
「Aqua Current」

三登聖實
虛擬角色：
「Mint Mitten」
奈胡志帆子
虛擬角色：
「Chocolat Puppeteer」
由留木結芽
虛擬角色：
「Plum Flipper」
四埜宮謠
虛擬角色：
「Ardor Maiden」
？？？

純色軍團

黑之團：黑暗星雲

軍團長：Black Lotus（黑雪公主）
幹部名號：「四大元素（Elements）」
風：Sky Raker（倉崎楓子）
火：Ardor Maiden（四埜宮謠）
水：Aqua Current（冰見晶）
Lime Bell（倉嶋千百合）
Cyan Pile（黛拓武）
Silver Crow（有田春雪）

紅之團：日珥

軍團長：Scarlet Rain（上月由仁子）
幹部名號：「三獸士（Triplex）」
第一人：Blood Leopard（掛居美早）
第二人：Cassis Mousse
第三人：Thistle Porcupine
Blaze Heart
Peach Parasol
Ochre Prison
Mustard Salticid

藍之團：獅子座流星雨

軍團長：Blue Knight
幹部名號：「雙劍（Dualis）」
Cobalt Blade（高野內琴）
Mangan Blade（高野內雪）
Frost Horn
Tourmaline Shell

綠之團：長城

軍團長：Green Grandee
幹部名號：「六層裝甲（Six Armor）」
第一席：Graphite Edge
第二席：Viridian Decurion
第三席：Iron Pound
第四席：Lignum Vitae
第五席：Suntan Chafer
第六席：???
Ash Roller（日下部綸）
Bush Utan
Olive Glove
Jade Jailer

黃之團：宇宙祕境馬戲團

軍團長：Yellow Radio
Lemon Pierrette
Saxe Lauder

紫之團：極光環帶

軍團長：Purple Thorn
幹部名號：???
Aster Vine

白之團：震盪宇宙

軍團長：White Cosmos
幹部名號：「七矮星（Seven Dwarfs）」
Ivory Tower

其他軍團

加速研究社

Black Vise
Argon Array
Dusk Taker（能美征二）
Rust Jigsaw
Sulfur Pot
Wolfram Cerberus（災禍之鎧Mark II）

Petit Paquet

軍團長：Chocolat Puppeteer（奈胡志帆子）
Mint Mitten（三登聖實）
Plum Flipper（由留木結芽）

演算武術研究社

Aluminum Valkyrie（千明千晶）
Orange Raptor（祝優子）
Violet Dancer（來摩胡桃）
Iris Alice（莉莉亞·烏莎喬瓦）

所屬不詳

Magenta Scissor（小田切累）
Avocado Avoider
Trilead Tetraoxide
Nickel Doll
Sand Duct
Crimson Kingbolt
Lagoon Dolphin（安里琉花）
Coral Merrow（系洲真魚）
Orchid Oracle
Tin Writer

公敵

四聖

大天使梅丹佐（芝公園地下大迷宮）
女神倪克斯（代代木公園地下大迷宮）
???
???

「四方門」的四神

東門：青龍
西門：白虎
南門：朱雀
北門：玄武

「八神之社」的八神

???

加速世界

Accel World

19 黑暗星雲的引力

川原 礫

插畫／HIMA

Kadokawa Fantastic Novels

■黑雪公主＝梅鄉國中的學生會副會長，是個清純又聰慧的千金小姐，真實身分無人知曉。校內虛擬角色為自創程式「黑鳳蝶」，對戰虛擬角色為「黑之王」＝「Black Lotus」（等級9）。
■春雪＝有田春雪。梅鄉國中二年級生，體型略胖，遭人霸凌。對遊戲很拿手，但個性內向。校內虛擬角色為「粉紅豬」，對戰虛擬角色為「Silver Crow」（等級5）。
■千百合＝倉嶋千百合。跟春雪從小就認識，是個愛管閒事又活力充沛的少女。校內虛擬角色為「銀色的貓」，對戰虛擬角色為「Lime Bell」（等級4）。
■拓武＝黛拓武。跟春雪及千百合從小就認識，擅長劍道，對戰虛擬角色為「Cyan Pile」（等級5）。
■楓子＝倉崎楓子，曾參加上一代「黑暗星雲」的資深超頻連線者。前「四大元素(Elements)」之一，司掌風。因故過著隱士般的生活，但在黑雪公主與春雪的勸說下回歸戰線。曾傳授春雪「心念」系統。對戰虛擬角色是「Sky Raker」(等級8)。
■謠謠＝四埜宮謠。參加上一代「黑暗星雲」的超頻連線者。名列「四大元素(Elements)」之一，司掌火。是松乃木學園國小部四年級生。不但能運用高階解咒指令「淨化」，還很擅長遠程攻擊。對戰虛擬角色為「Ardor Maiden」(等級7)。
■Current姊＝正式名稱為Aqua Current，本名冰見晶。是前「黑暗星雲」旗下的超頻連線者「四大元素（Elements）」之一，司掌水。人稱「唯一的一(The One)」，從事護衛新手的「保鏢(Bouncer)」工作。
■Graphite Edge＝本名不詳。是前「黑暗星雲」旗下的超頻連線者「四大元素」之一，真實身分至今仍然不詳。

■神經連結裝置＝以量子無線方式與大腦連線，透過影像與聲音等方式，對所有感官都能提供訊息的攜帶型終端機。
■BRAIN BURST＝黑雪公主傳給春雪的神經連結裝置內應用程式。
■對戰虛擬角色＝玩家在BRAIN BURST內進行對戰之際所控制的虛擬角色。
■軍團＝Legion。由多名對戰虛擬角色組成的集團，以擴張占領區域及確保利權為目的。主要軍團共有七個，分別由「純色七王」擔任軍團長。
■正常對戰空間＝指進行BRAIN BURST正規對戰（一對一格鬥）用的場地。儘管有著直逼現實的高規格重現度，但遊戲系統則與上個世代的格鬥遊戲相差無幾。
■無限制中立空間＝只允許4級以上對戰虛擬角色進入的高等級玩家用場地。其中的遊戲系統規模遠超出「正常對戰空間」之上，自由度比起次世代VRMMO遊戲也毫不遜色。

■運動指令體系＝用以控制虛擬角色的系統，正常情形下對於虛擬角色的控制都由這個系統處理。
■想像控制體系＝透過堅定想像意念（Image）來控制虛擬角色的系統。運作機制與正常的「運動指令體系」大不相同，只有極少數人懂得如何運用，是「心念」系統的精要。
■心念（Incarnate）系統＝干涉BRAIN BURST的想像控制體系，引發超越遊戲格局之現象的技術。又稱做「現象覆寫（Overwrite）」。

■加速研究社＝神秘的超頻連線者集團。不把「BRAIN BURST」當成單純的對戰遊戲而另有圖謀。「Black Vise」與「Rust Jigsaw」等人都是這個社團的成員。
■災禍之鎧＝名喚Chrome Disaster的強化外裝。一旦裝備上去，就可以使用吸取目標HP的「體力吸收」與透過事前運算來閃避敵方攻擊的「未來預測」等強力技能，但鎧甲擁有者的精神會遭到Chrome Disaster污染，進而完全受到支配。
■Star Caster＝Chrome Disaster所拿的大劍，有著兇惡的造型，但原本的外形可說名符其實，是一把意象莊嚴，有如星星般閃閃發光的名劍。

■ISS套件＝ＩＳ模式練習用（Incarnate System Study）套件的縮寫。只要用了這種套件，任何超頻連線者都能夠運用「心念系統」。使用中會有紅色的「眼睛」附在虛擬角色的特定部位上，散發出來的黑色鬥氣就是象徵「心念」的「過剩光(Over Ray)」。

■「七神器」(Seven Arcs)＝指「加速世界」中七件最強的強化外裝。包括大劍「The Impulse」、錫杖「The Tempest」、大盾「The Strife」、形狀不詳的「The Luminary」、直刀「The Infinity」、全身鎧「The Destiny」與形狀不詳的「The Fluctuating Light」。

■「心傷殼」＝包覆對戰虛擬角色根源所在之「幼年期精神創傷」的外殼。據說若外殼格外堅固厚重，安裝BRAIN BURST後就會塑造出金屬色的對戰虛擬角色。

■「人造金屬色」＝不是從玩家的精神創傷中自然誕生，而是由第三者加厚其「心傷殼」，人為創造出來的金屬色虛擬角色。

■「無限EK」＝無限Enemy Kill的簡稱。是指在無限空間因強力公敵導致對象虛擬角色死亡，經過一段時間復活後再次被殺，陷入無限地獄的迴圈。

▶▶▶ Accel World

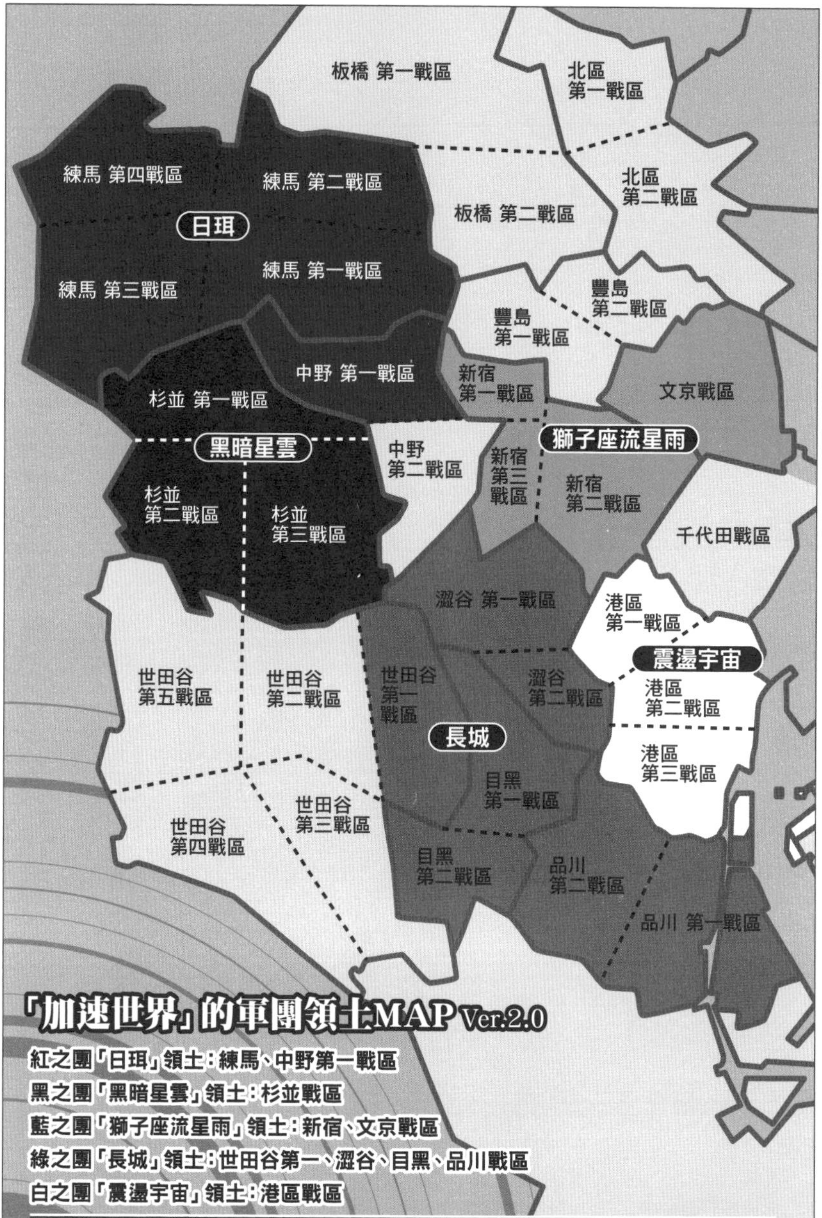

「加速世界」的軍團領土MAP Ver.2.0

紅之團「日珥」領土：練馬、中野第一戰區
黑之團「黑暗星雲」領土：杉並戰區
藍之團「獅子座流星雨」領土：新宿、文京戰區
綠之團「長城」領土：世田谷第一、澀谷、目黑、品川戰區
白之團「震盪宇宙」領土：港區戰區

空白地帶：板橋、北區、豐島、中野第二、千代田、世田谷第二、第三、第四、第五戰區

1

要成為對戰格鬥遊戲「BRAIN BURST 2039」的玩家，也就是超頻連線者，方法只有一種。

那就是透過已經成為超頻連線者的人，複製安裝ＢＢ程式。這時雙方的神經連結裝置，必須透過有線方式直連。只要安裝成功，程式的提供者與接收者雙方，就會透過一種暫時性的關係——同時卻是加速世界中最堅定的「上下輩」關係——相連。

春雪的「上輩」，是黑之王Black Lotus——黑雪公主。

四埜宮謠的「上輩」，是Mirror Masker——她的親生哥哥四埜宮竟也。

日下部綸的「上輩」，是Sky Raker——倉崎楓子。

而楓子的「上輩」是——

……對耶，我都不曾問過Raker師父的上輩呢……

春雪朝站在身旁的楓子瞥了一眼，忽然想到這件事，但隨即又將差點偏離正題的念頭拉回現在的狀況當中。

二〇四七年七月十八日，星期四下午五點。

春雪與楓子從有田家的客廳連進無限制中立空間，藉助大天使梅丹佐的力量突破了禁城南門，暌違現實時間約一個月後，再度侵入到了禁城內部。他們在那裡遇到的，是春雪的朋友Trilead Tetraoxide，以及另一個人物。

綠之團（長城）幹部集團「六層裝甲（Six Armor）」第一席，也是前黑暗星雲「四大元素（Elements）」之一的「矛盾存在（Anomaly）」Graphite Edge。

Lead為春雪他們介紹Graph，說這是教他劍術的師父，也是他的「上輩」。

這意思也就是說，把程式交給神祕年輕武士Trilead的人，就是Graph。而要進行複製安裝，就必須在現實世界中，讓彼此的神經連結裝置直連。

「…………Lead……還有，Graph兄…………」

春雪震驚未消，對並肩站立的兩人問起。

「原來……你們兩位，在現實世界本來就認識……？」

這一問之下，Lead有些為難似的抬頭看向Graph，Graph輕輕一聳肩，發言表示：

「嗯～Crow，這個部分我以後有機會再跟你說明。畢竟蕾卡一臉有別的事情更想問的表情啊。」

「咦……？」

春雪朝身旁的Sky Raker看去，虛擬身體立刻反射性地一僵。

她的一雙晚霞色鏡頭眼上，蘊含了一種光芒。這種寧靜中蘊含了無底魄力的眼神，表示這位「其實很可怕的Raker」老師，已經氣到只差一步就是真正動怒的地步。

「Graphite Edge。」

楓子以正式的虛擬角色名稱叫了一聲，Graph就拖著腳步後退了三公分左右。

「什……什麼事啊，蕾卡？」

「既然你會待在這個地方……也就表示你早就擺脫禁城北門，四神玄武造成的無限EK狀態了吧？」

「這……這個嘛，嚴格說來，大概算是吧。」

「這是什麼時候的事？」

「其……其實，在三年前的禁城攻略戰過後，其實也沒多久……」

「那……那你為什麼不早說！」

Sky Raker喊出這句話的瞬間，整個嬌小的虛擬身體發出一種狀似純青火焰的強烈鬥氣，讓春雪再度嚇得縮起身體。連停在他右肩觀察四周情形的梅丹佐圖示，也都突然靜止不動。

「你又不是不知道Maiden對你陷入無限EK這件事有多愧疚！她為了救你出來，甚至去練了第四象限的……大規模殲滅型心念！比誰都心地善良的她竟然做到這個地步！」

這是事實。

上次禁城逃脫作戰進行到一半，Ardor Maiden——四埜宮謠，就為了排除一個大型的衛兵公敵，發動了將地面化為熔岩池的可怕心念。記得當時她就說過，說這是專門為了對付四神玄武而開發出來的招式。

第四象限，也就是負面的心念，愈用就愈會將術者拉進「心靈空洞」當中。具體來說，就是會增幅心中對自己與他人的負面情緒，扭曲人格。

一旦困在空洞中的黑暗裡，等著自己的就只剩毫無光明可言的修羅之道。一旦走上這條路，就會一心一意尋求敵手，戰鬥到連自己都毀了為止，就像成了初代Chrome Disaster的Chrome Falcon那樣。

……說到這個，Falcon就是在這個禁城裡，找到強化外裝「The Destiny」的啊……

春雪的思緒這次改飄向過去，但隨即被Graph多了幾分嚴肅的嗓音拉了回來。

「……這樣啊……點點她……這可真是對不起她了……」

雙劍士一邊用左手搔著頭盔，一邊輕輕舉起右手，把這一半謝罪，一半辯解的話說下去。

「妳說得對，好歹我也暫且擺脫了玄武的無限EK狀態，沒把這件事告訴蘿塔她們，是我怠慢了。只是，就算我想告知，也沒有方法啊……畢竟我又不知道蘿塔和蕾卡妳們的郵件位址……而且突然找妳們對戰也不太好……」

「就算不直接見面，也多得是方法可以告知吧！」

楓子立刻震怒，不只是Graph，連春雪也縮起脖子。

「長城經常在領土戰時跑來進攻杉並，所以你大可叫來進攻的團隊傳話，再不然光是像以前那樣，在無限制中立空間裡大顯身手，應該也是可行的。因為只要聽到你大顯身手的消息，我們至少就會猜到你擺脫了無限ＥＫ狀態。」

「妳……妳說得對。只是，第二個方案就有點強人所難了……」

「為什麼？」

Raker上前逼問，Graph則回答得臉不紅氣不喘。

「因為雖然我說成功擺脫了無限ＥＫ狀態，也不是往禁城外側……是往內側啊。」

「……內側？」

「對。再怎麼說，我也不可能靠自己一個人躲開玄武的攻擊跑到橋外。可是，如果是往北門，就近在我的出現地點旁邊，我就想說往這邊闖還比較有可能成功，一試之下，也就真的搞定了。也就是說，我可以在無限制空間裡活動的範圍，也就只有這禁城之內。」

「可……可是這說不通啊！」

春雪聽了Graph的話，忍不住這麼喊出來。

雙劍士的面罩忽然轉了過來。他絕非在耍狠，但形狀銳利的護目鏡一轉過來，就讓春雪感受到一種正因為完全處在自然狀態而產生的魄力──一種深不可測的壓力，讓他一口氣有點喘不過來。

春雪一邊慢慢吐出積在胸口的空氣，一邊問清楚：

「呃……Graph兄是在三年前的……第一屆黑暗星雲的禁城攻略戰之後才進入禁城，在裡面遇見Lead，收他為『下輩』，對吧？」

這對劍客師徒同時點了點頭，於是春雪問下去：

「……除非打倒四神，否則要從四方門進入禁城，應該就必須事先破壞城門內側的封印牌匾才行。就像先前Lead為我們所做的那樣。可是，Graph兄想突破城門的時候，Lead還不是超頻連線者，也就是說，應該沒有任何人可以幫忙從內破壞封印牌匾……不對，只要先收Lead為『下輩』，請他砍壞牌匾就行嗎……可是如果是這樣，那Lead又是怎麼進到裡面……」

春雪愈說愈不明白自己在說什麼，一句話說到後頭變得含糊，交互看看他們兩人的臉。

Trilead這次仍然什麼也不說，但散發出一種淡淡微笑似的氣息，朝自己的師父瞥了一眼。相對的Graph則「嗯嗯嗯～～」地沉吟了幾聲，轉頭看向聳立在後方的巨大建築物，說道：

「總之，要不要先換到可以慢慢聊的地方去？因為這裡的衛兵公敵，可能已經差不多要復活了。」

「我贊成。」

立刻做出回答的既不是楓子，也不是春雪，而是搭在春雪右肩上的梅丹佐圖示。

「那座城堡……你們是稱之為『正殿』？我想趕快看到那裡頭的情形。情報交換就晚點再說，立刻移動到那個地方去。」

「……總覺得她愈來愈囂張了……」

楓子總算收起怒容，一副沒轍似的態度，搖搖頭這麼說。

一個月前，春雪與謠衝進禁城時，空間屬性是「平安京」，逃脫時的屬性則是「魔都」。這次是第三次，屬性是「月光」，但不同的屬性只讓物件有了不同的造型，地形本身則並未改變。從禁城南門前的廣場，有一條寬廣的道路往北筆直延伸，再過去則有著化為巨大神殿的正殿莊嚴地盤據在那兒。

上次他和謠一起朝正殿前進時，路上有著可怕的衛兵公敵在巡邏，讓他們必須緊張兮兮地躲在左右兩排圓柱後，從一根柱子跳到另一根柱子躲藏。但這次Graph和Lead幫忙排除掉了這些衛兵，他們也就可以昂首闊步地走在這相當於古都中「朱雀大道」的大道正中央。

說來實在令人感激又惶恐——但心中也湧起了疑問。

走在前面沒幾步遠的Graph與Lead，到底為什麼會知道春雪與楓子會在今天這個時間，嘗試衝進禁城呢？春雪事先告知過這件事的對象，就只有楓子一個人，而且還是在作戰開始的短短幾十分鐘前才說的。怎麼想都覺得楓子不會有時間，也不會有理由去聯絡其他人。從剛才楓子生氣的模樣看來，她顯然並未料到會在這裡和Graph重逢。

那麼，Graph他們是預測到春雪的行動，所以預先在這裡等他嗎？

春雪對於自己是個「很好懂的傢伙」這點頗有自覺，所以不敢說自己的行動絕對不會被預判出來，然而即使如此，要在無限制中立空間裡等一個人，仍然很不實際。畢竟在這個世界裡，過的是加速到一千倍的時間。無論是多麼有耐性的超頻連線者，要等一個連會不會來都不確定的人，相信頂多也只能等上半年左右。當初綠之王Green Grandee與六層裝甲第三席Iron Pound，為了打倒把守東京中城大樓的神獸級(Legend)公敵梅丹佐，長期等待空間屬性變為「地獄」，但他們應該也等了三個月左右就放棄了。

——不過如果只有阿綠哥一個人，也許要忍個一年左右還真辦得到啦。

春雪想到這裡，然後搖搖頭，心想自己絕對辦不到。Graph與Lead這對師徒，肯定比春雪更有耐心，但怎麼想都不覺得他們會這樣漫無目的地等個沒完沒了。相信他們兩人是以某種手段，而且以相當高的精準度，察覺到了春雪他們所展開的作戰……

「……真是個漂亮的地方。」

春雪忽然聽到左側身旁傳來這樣一句話，於是轉動視線。

楓子卸除了背上的疾風推進器，恢復白色帽子與連身洋裝的打扮。只見她感慨萬千地看著周遭。從她那以對戰虛擬角色而言造型相當接近血肉之軀的面罩，發出非常小聲的輕聲細語：

「這次作戰是為了小幸進行的，但現在她人不在這裡，還是讓我非常遺憾。小幸她明明比任何人……都更加盼望能夠知道加速世界的真相……」

「…………是…………」

春雪也咀嚼著同樣的念頭，點了點頭。

擁有飛行能力的Silver Crow與Sky Raker卯足全力，這才勉強得以突破四神朱雀的守護領域，所以的確沒有餘力讓第三人同行。即使如此，要是能夠帶黑雪公主來，真不知道她會有多高興。

春雪想起以前他和謠輪流說明禁城內部情形時，黑雪公主聽得眼神發亮的模樣，差點就要垂頭喪氣。但緊接著就聽到右肩上傳來堅毅的說話聲：

「受不了，你們為什麼就這麼喜歡困在以前沒能辦到的事情裡，讓自己的思考停滯？這樣非常沒有建設性。有時間這樣，不如去想接下來能做到的事情，讓思考回路動起來。只是很遺憾的，我的言語詞彙庫裡，沒有哪個說法能夠精確地表達這個狀態。」

大天使以比平常快約一．二倍的速度說出來的這番台詞，讓春雪悄悄苦笑，接著又佩服起來。她說得沒錯。雖然不覺得回顧過往是浪費時間，但的確應該把更多眼光看向未來。

「這個狀態叫作雀躍。」

春雪把臉湊向右肩，悄悄這麼一說，立體圖示就一瞬間有了不規則的閃爍。

「……我就先記住了。那麼，我重新下令。Crow，還有Raker，你們應該在這個狀況下，全力去雀躍。」

「……我可真沒想到會有這麼一天，讓公敵叫我要『雀躍』呢……」

梅丹佐先一板一眼地對楓子的喃喃自語回答：「妳要稱之為Being。」然後更加快速度說下去：

「要知道我們現在正處於『BRIAN BURST 2039』的創始與終結之地，區域００。光是地形物件都非常耐人尋味！你們可注意到了？在現在的空間屬性ＨＬ０５……也就是你們所說的『月光空間』下，物件的耐久度應該低於平均值，但在這裡所有物件都被設定在最大值。尤其建築物的主結構體，更全都有著無法破壞屬性……想來即使用上我的『三聖頌（Trisagion）』也無法破壞。」

「……妳竟然會對自己辦不到的事情說得這麼開心，看來真的是很雀躍呢……」

「總覺得這發言很無禮，不過我就原諒你。別說這些了，看看後面，負責戒備的Being似乎要再生了。」

「妳這樣要我一下看這邊，一下看那邊，我跟不上啦…………等等。」

春雪踏得石板上濺出火花，轉身一看，立刻「嗚耶！」一聲叫了出來。就在離了短短五十公尺的南門前廣場上，正逐漸發生大量公敵湧出的特效。

「唔，這資料密度相當高。就像在加速研究社大本營奴役的衛兵Being一樣，要用我的命令讓他們退下，應該會很困難。」

「那真令人遺憾……等等，現……現在不是講這種話的時候了！」

春雪再度用力轉身，對走在前面的Graphite Edge說：

「那……那個，Graph兄！Being，不，是公敵似乎要再生了！」

結果這個雙劍士回頭瞥向他，再朝那令人毛骨悚然的湧出特效一瞥，然後悠哉地回答：

「沒事沒事，離這麼遠，他們就不會攻性化（Aggro）。」

「可……可是公敵也不是說會停在同一個地方不動吧……」

「沒事沒事，那些傢伙移動很慢。」

「可……可是，我想應該也不是只有那一隻……」

「沒事沒事…………啊，有事。」

聽到Graph這句話，春雪戰戰兢兢地往後一看，發現就在距離不到十公尺的地方，開始發生了第二波湧出特效。一旦在這個距離下被這裡的公敵發現，肯定會遭到攻擊。

「我……我就說啊啊啊啊！」

「沒辦法，所有人快跑！」

雙劍士話剛喊完，已經以快得留下灰色殘像的速度，朝正殿開始遁走。

「等等啊啊啊啊啊啊！」

你這樣也太不負責了吧！春雪想歸想，還是趕緊跟上，跑在身旁的Lead就很過意不去地低頭道歉：

「對不起，Crow兄，老師他一直都是那個樣子。」

「哪……哪裡，你不需要道歉……」

在後面聽著他們對話的楓子，以心有戚戚焉的口氣說：

「鴉同學，跟那傢伙在一起，就什麼事情都是這樣，你最好趕快習慣。」

春雪經過幾十秒的衝刺，順利抵達正殿正前方的廣場後，呼出一口長氣。早就先抵達的Graphite Edge手舉到額頭上，看向南門。

「喔喔，不斷冒出來了啊。到時候又要把那些給清掉喔……喂，Crow還有蕾卡，回去的時候你們可要幫忙啊。」

「咦…………」

要把那整批公敵軍團全部打倒？春雪當場呆住，改由楓子反駁：

「Graph，既然第一次做得到，第二次也一樣做得到吧？」

「啊～好過分喔。也不想想我和Lead為了你們，可有多努力清掉那些傢伙……」

「好好好，這件事改天我會好好答謝你。在精神上。」

Graph不吭聲，Lead代替他開口：

「再過不久，把守正殿正門玄關的公敵也要復活了。我們還是在這之前就先進去吧。」

聽到這句話，上次的記憶在春雪腦海中甦醒。現在的月光屬性下，正殿造型與當時平安京屬性下的模樣大不相同，但基本構造與公敵的布署應該都一樣。而上次在正門玄關的左右兩側，就站著兩隻一眼就看得出和其他衛兵不同級的可怕公敵。

「你……你們該不會連那個大尊神像似的傢伙也打倒了？」

春雪震驚地一問，Lead就緬靦地點了點頭。

「是啊。不過我也只是幫忙老師而已。」

「哪裡……光是跟那玩意兒交戰過，就已經夠厲害了……」

春雪說話之餘，重新看了看這蔚藍年輕武者的模樣。春雪自認自己在這一個月來，有了相當程度的成長，而Trilead看來也不再是以前的他了。

真想趕快到安全的所在，跟他多聊聊。春雪按捺住急切的心意，跟眾人一起爬上大樓梯。

禁城正殿的正面玄關，符合月光屬性的歐風造型風格，成了兩扇宏偉的對開式金屬門。儘管尺寸不如四方門巨大，但門板上複雜的幾何紋路反射出蒼白月光的模樣，有著作為世界中心的建築物該有的壯麗。

「好了，Crow兄，請你打開這『九重門』中心的第五門。」

春雪看著銀色的門看得出神，Lead擺動右手催他，他就忍不住震驚地後仰。

「咦……由……由我來開？」

「你不就是為了這個才來的嗎？」

「可……可是，守門的衛兵又不是我打倒的……」

春雪吞吞吐吐之餘，回溯一個月前的記憶。

當時他也和謠一起進入了禁城正殿，但當時他是把很久以前Chrome Falcon開了以後就沒關的窗戶當成入侵路線，所以從一開始就根本不曾靠近正面入口。由這樣的自己去打開門，這樣真的好嗎——他正想著這樣的念頭，仰望這壯麗的門，結果……

「啊啊，夠了！真會拖泥帶水！」

這麼喊的當然是大天使梅丹佐。她小小的立體圖示，從春雪的右肩移動到他頭上，用兩片翅膀拍打他的頭盔。

「我的僕人，這是命令，現在馬上開門！來，快點！」

「好……好啦。」

春雪趕緊上前，根本無暇陶醉在感慨之中，就把雙手抵到左右兩扇門上。然後將這沉甸甸的金屬板塊，用力往前一推。

所幸並未發生「用力一推之後才發現門應該用拉的」這樣的悲劇，大門發出沉重的地鳴聲，開始往左右開啟。令人感受到加速世界八千年時光的冰冷空氣，從內部的黑暗中洩出。

就在兩扇門完全推開的同時，從近到遠燃起一盞盞純青的火焰，驅開了黑暗。

門後是一個寬廣的大廳。正面遠方有著一座很寬的樓梯往上，左右的牆上也有著許多扇門。大廳內看不見公敵的影子，但一種只要上了樓，又或是開了門，就會發現等在後頭的衛兵氣息，混在寒氣中一路傳到腳下。

但緊張得連聲音也發不出來的就只有春雪一個，其他三個人都若無其事地跨過門檻，走進殿內。梅丹佐再度拍打他的頭，春雪也才趕緊跟上。

Graphite Edge領頭走了一會兒後停下腳步，一邊左右張望，一邊說道：

「唔……月光空間時的安全地帶是哪兒來著了……」

「哎呀，這大廳不安全嗎？乍看之下倒是沒有公敵。」

聽楓子問起，雙劍士輕輕聳了聳肩。

「很遺憾的，每隔五分鐘就會有巡邏的衛兵從某扇門過來，要放心說話實在不太容易。」

「那你幫我們把裡面的公敵也全部打倒不就好了？」

「喂喂，別強人所難啊，哪可能會有這麼多時間？連外面那些傢伙，我們也是清得有夠趕的耶。」

Graph苦笑著這麼一回答，楓子就瞇起了鏡頭眼。春雪也看出了她有這種反應的理由。因為Graph與Lead果然是在春雪他們出現在無限制中立空間的當下就得知了這件事，並做好準備迎接他們。

楓子的視線看得雙劍士十分狼狽，結果救了他的是……

「老師，記得安全區在是上了樓梯後過去一點的小房間。」

是Lead的這句話。Graph順水推舟地說：「啊～沒錯沒錯，的確是。」，同時又開始移動。看樣子對正殿內部，是徒弟Trilead比師父Graph要熟。

現在回想起來，一個月前來到這裡時，Graphite Edge就完全沒現身。當然了，即使是他，想來總不可能二十四小時都一直連在線上──而他的徒弟Trilead應該也是一樣。仔細想想，今天並不是Lead第一次在絕妙的時機現身。上次，也就是在位於正殿最深處的「神器廳」第一次見到他時，Lead也是突然出現在春雪與謠的面前。

他們到底是如何察覺到有人進入無限制空間的？

春雪的念頭再次陷入這個謎團當中，跟在三人身後，穿過了入口大廳。

爬完正面的大型樓梯，前方就有一條很長的通道筆直延伸，左右兩側牆上又有著無數的門。若是想打開每一扇門，探索個徹底，想必是有多少時間都不夠用，但Lead踩著毫不遲疑的腳步，走向左邊第二扇門，靜靜地打開。

公敵大吼一聲衝了出來——這樣的情形並未發生，年輕武士示意眾人進去。

裡頭先是一條細長的通道，連往一個邊長約有六公尺的正方形房間。Lead先前說這裡是「小房間」，但若換算成現實世界的單位，相信應該有十坪大。整個房間都是石造，一扇窗戶也沒有，但掛在四面牆上的燈發出了充足的光線。中央放著一張木製的大型桌子，還正巧備有四張椅子。

「沒有茶水就是了，各位請坐。」

Graphite Edge說著率先坐下，Lead也在他身旁坐下。

春雪先和楓子對看一眼，然後並肩在Lead他們的對面坐下。這一坐之下，從先前朝朱雀門起飛的瞬間一直維持到現在的緊張，就一口氣鬆懈下來，讓他忍不住嘆了一口氣。搭在他頭上的梅丹佐，也輕飄飄地回到他右肩上。

但他不能就這麼鬆懈，還有很多事情必須去做，必須去了解。

春雪挺直腰桿，先打開系統選單，查看連線進來後的累計時間。上面顯示五十五分鐘。春雪與楓子已事先設定保險機制，過了內部時間一小時五十六分四十秒之後，就會自動斷線，所以剩下的時間約有六十分鐘。如果無法在這之前達成目的，回到現實世界之後，就得立刻再度加速才行。

「——Graph，我們沒有時間，我要你趕快把話說一說。」

楓子一邊關掉與春雪同時打開的系統選單，一邊事不宜遲地質問起來。

「首先，你是怎麼解開玄武門的封印，進入了禁城……你先從這邊跟我們說起。」

「嗯……嗯嗯～～……」

Graphite Edge雙手抱胸，沉吟了好一會兒，才認命了似的點點頭。

「……也是啦，畢竟一直讓點點她們擔心，這的確是事實，能說的我是打算全都說出來，可是……我現在好歹也是長城的團員，不能把自己的底牌全都掀了，這點還要請你們諒解。」

「……好。」

楓子微微點頭答應。

前幾天，在澀谷第二戰區與長城展開的模擬領土戰，是以黑暗星雲的勝利收場。結果綠之王親口保證將會歸還澀谷第一、第二戰區，但Graphite Edge並未回歸黑暗星雲的「四大元素」行列。因為長城的團員想必會因為這唐突的歸還戰區行為而爆發不滿，他要留在長城裡，肩負起承受這些不滿的任務。

雖然不知道具體來說，他是打算如何安撫這些團員，但看來他至少並不打算有負他身為「六層裝甲」第一席的立場與責任。Graph聽了楓子的回答後，慢慢將環抱在胸前的右手挪到右肩上，然後握住了從後延伸出來的握柄。

劍在唰一聲輕快的聲響中拔出的瞬間，春雪忍不住微微站起。但楓子若無其事地繼續看著，所以他也趕緊重新坐好。

Graph把拿著劍的右手往前伸，輕輕將武器放到桌上。

「這玩意兒就是我的起始裝備兼最終裝備，『Lux』。」

「…………」

春雪第一次就近看到Graphite Edge那傳奇級的強化外裝，不由得看得出神，甚至忘了說話。

過去他也看過不少劍型強化外裝，但這把劍的模樣仍極為特異。其中最具特色的，就是透明度高得彷彿不存在似的刀身。外圍則有一圈外框似的漆黑刀刃。刀身看上去長約有八十公分，厚度則約有八公釐。這把劍有種不像武器，比較像是工藝品的纖細與美麗，但春雪在先前的戰鬥中，就曾看到這把劍與黑之王Black Lotus的「終結劍(Terminate Sword)」對砍得不相上下。

相對的，楓子則並不怎麼顯得感動，立刻抬起頭問說：

「……那，你這『本體』又怎麼了？」

她這麼一說，Lead就忍不住一聲輕笑，Graph也苦笑似的聳了聳肩膀，再度發言：

「我也不是要炫耀啦……呃，我只是要說，這個物品本來就是這樣設定的，這把劍的劍刃部分，是用一種叫作『石墨烯』的材質製成的。石墨烯就是一種只有一個碳分子厚的薄膜……也就是說，你們可以把這把劍當成自古以來就經常出現在各種動畫或漫畫作品裡面的所謂『單分子刀』。」

「喔喔…………」

春雪由衷覺得帥氣，忍不住發出讚嘆聲，但楓子只微微一歪頭，要他說下去。

「那接下來又得提到另一件事。Crow……還有搭在你肩膀上的人，你們應該已經聽過心念系統的講解了吧？」

突然被問到這個，讓春雪先朝教他心念的師父——應該說是魔鬼教官——楓子瞥了一眼，然後趕緊點點頭。他右肩上的梅丹佐，也讓天使光環閃出一次光芒，表達肯定的意思。

「好，所謂的心念系統，簡單說來就是一種靠想像力來介入遊戲系統的技術。只要想像的強度夠，就能做到系統上本來規定不可能做到的事情，又或者是讓本來做得到的事情變成做不到。前者叫作『覆寫現象』，後者叫作『零化現象』……純就原則來說，要在無法破壞的地面上打出一個大洞，又或者是讓徹頭徹尾的近戰型虛擬角色使出超遠距離攻擊，也都是辦得到的。」

「……所以Graph，你想說的就是，你靠這把劍跟心念，破壞了禁城的北門？」

楓子狐疑地這麼一質問，雙劍士立刻搖了搖頭。

「不對不對，就算用了心念，還是不可能辦到。因為保護禁城的『九重門』……也就是東南西北的四方門、正殿的正門，還有裡面的四大門，就是整個無限制中立空間裡優先度最高的地形物件啊。要用心念打壞這些門，就算是憤怒計量表處在爆發狀態的劍聖，多半也是辦不到的吧。」

「劍聖」藍之王Blue Knight，被譽為加速世界最強的近戰型角色。如果連他也辦不到，那麼相信就真的沒有任何超頻連線者能夠破壞四方門。

但若是如此，Graphite Edge到底又用這把劍和心念技做了什麼？

「我說啊，Graph，我說過我們沒有時間。你可不可以趕快告訴我們結論？」

即使楓子的耐性達到急性子星人Pard小姐的三倍，聲調中也不由得開始透出煩躁，但雙劍士仍不改他若無其事的態度。他再度用右手拿起劍，以懷念的口吻緬懷起過往。

「我把三種心念攻擊教給了蘿塔。『奪命擊（Vorpal Strike）』、『星光連流擊（Star Burst Stream）』、『光環連旋擊（The Eclipse）』……這三招都是大開大合，威力強大的第二階段心念。可是啊……心念系統，還不只這樣。」

「咦……！」

春雪再度驚呼出聲。他盯著雙劍士的面罩直打量，戰戰兢兢地問了：

「這……這也就是說……有第三階段的心念？」

「是啊。」

Graph很乾脆地承認，然後把右手的Lux當成了指揮棒似的揮動，開始講解：

「為了避免誤會，我們就先來複習一下。第一階段的心念，是在『強化射程』、『強化移動』、『強化威力』、『強化防禦』這四個類別中，只屬於單一類別的所謂基礎能力。然後第二階段，是把多種類別組合起來，又或者是能夠發揮的效果不限於任何類別的應用能力。到這裡都沒問題吧？」

春雪連連點頭，梅丹佐讓天使光環發光，連楓子也輕輕點了點頭。

「好，也就是說呢，這所謂第二階段，要比第一階段來得強大又搶眼。那麼，第三階段一定更氣勢磅礴又金光閃閃……對吧，Crow？」

突然被叫到名字，讓春雪忍不住點了點頭。Graph滿意地仰起上身，左右揮動右手的劍。

「可是啊，其實正好相反呢。」

「咦……咦咦咦咦？」

「相反……？這麼說來，第三階段比第二階段更低調不起眼……是嗎？」

春雪不由得想抱怨那他剛才幹嘛還這麼吊人胃口，但對內容的興趣壓過了想抱怨的念頭。

「一點兒也不錯。可是，這不表示比較弱，反而相反……就跟那個一樣啊，武術漫畫裡不就常說要『先求開展，後求緊湊』嗎？在第二階段開展到極限的想像，在第三階段就要極力集中在一個點上。那麼這樣一來會發生什麼事情呢……」

Graph一直都照自己的步調來說明，一邊吊眾人胃口，一邊正要說出下一句台詞時……

「直接介入Highest Level的資料。」

這句話發自春雪右肩，讓雙劍士瞪大眼睛，停下了動作。

「你想說的就是這麼回事吧，叫Graphite Edge的小子？」

「……………這可嚇了我一跳…………」

Graph似乎不只是嘴上說說，而是真的吃了一驚，啞口無言地注視立體圖示好一陣子。過了一會兒，他才想通了似的緩緩點頭。

「你肩膀上這位，我早就覺得以前好像在哪裡見過，但這應該不是超頻連線者的知覺節點啊。是公敵……而且是最高階的神獸級，說不定還是『四聖』之一……？」

「你眼光相當不錯啊，正是。」

春雪知道都說到這裡了，不可能再含糊其詞，於是任由這個小小的圖示自豪地報上自己的名號。

「我是Silver Crow的主人，也是『兩極大聖堂』的主宰，『四聖』之一的大天使梅丹佐。」

經過幾秒鐘的寂靜之後，先是Trilead很有禮貌地鞠躬行禮。

「謹為有失禮數致歉。我是Graphite Edge的徒弟，名叫Trilead Tetraoxide。」

「嗯，我會記住。」

梅丹佐答得得意，接著將圖示的角度從轉往徒弟身邊的師父身上，等他問安。

但雙劍士突然不客氣地「啊～啊～啊～」大聲叫了起來，用右手指向圖示。

「原來啊原來，難怪我會覺得好像有印象。我在很～久很久以前，跟妳打過一次吧？費盡千辛萬苦才打倒妳，結果神器的台座上卻是空的，讓我好傷心……」

Graph說得懷念，梅丹佐則先氣憤地哼了一聲，以一點都不像是ＡＩ會有的流利速度搶了說了一大段話：

「你說得倒得意，說什麼打倒了我，但你打贏的只不過是我的第一形態。而且終究只是在受到地獄空間屬性加持之下打贏，要是在城外打，像你這樣的小戰士，連一百秒都撐不住。比你早了一點從我城裡拿走『The Luminary』的那個小戰士也不例外就是了。」

「是……是，對不起我說話太囂張了。」

Graph顯得惶恐地謝罪後，清了清嗓子又說下去。

「呃，那……剛剛說到哪了……」

「老師，是說到心念的第三階段。」

Lead指出後，他重重點了點頭。

「對，就是這個。只是啊，就如同這位大天使的金玉良言一樣，要旨只要一句話就能說完。『從高次元操作現象』……只要能完全掌握這個階段，招式就再也沒有距離的問題。」

一聽到這幾句話，春雪腦海中就迴盪起以前聽梅丹佐說過的話。

──小小的戰士啊，你聽好了。Highest Level之中不存在距離。因此可以讓在Mean Level相距甚遠的我們像這樣碰到對方，可以俯瞰三重空間的整體，也可以參照記憶……

Highest Level當中沒有距離的概念。既然如此──

「請……請問，這意思也就是說……也就不用管地點或距離，要攻擊什麼都行？要單方面攻擊遠在幾十公里外的目標都行……？」

Graph對戰戰兢兢問起的春雪重重地點了點頭。

「說得極端點，就是會變成這樣。不只是距離……還有像是攻擊力啦、防禦力啦、相剋關係啦，這些參數全都會被丟開。甚至要拿玩具槍打壞整個空間都沒問題。如果有人完全掌握住第三階段，那麼這傢伙多半就能變成這個世界的神。」

「神……神？」

「對。畢竟那就像是拿到了管理者權限啊……」

春雪從Graphite Edge的聲調中聽出微微的苦澀，不由得連連眨眼。但雙劍士的護目鏡完全遮住了鏡頭眼，無論春雪怎麼凝視，都無法讀出虛擬角色的心思。

他將視線移到Graph握在右手上的Lux，問了下去：

「……所以這意思也就是說，Graph兄精通了這第三階段的心念，用這種力量突破了禁城北門……？」

「嗯，這個問題的答案是八成No，兩成Yes。」

雙劍士恢復了先前那種令人難以捉摸的模樣，輕輕聳了聳雙肩。

「如果我有那種可以為所欲為的力量，那又何止是門，我連玄武都能打倒了，不是嗎？可是，這種事我終究辦不到。畢竟我離精通還差得遠了，沒辦法跳脫心念的根基……也就是『從內心發出的意志』這個大原則。我就是會被自己心靈的框架束縛住。」

「……所以才總算要和剛才提到的石墨烯云云扯上關係是吧？」

楓子隔了許久才發言的內容，讓Graph的面罩頻頻上下擺動。

「對對對，蕾卡一直說我『劍才是本體』，這倒也沒說錯。如果說阿綠……綠之王是徹底追求防守的超頻連線者，那我就是只想著斬這回事。說起來我這心念也不是什麼了不起的玩意兒……不過集中到極限的第三階段心念，就是這樣。」

說著Graphite Edge將視線落到握在右手的長劍上。

雙劍士身上發出微微的藍紫色過剩光。

所謂的過剩光，是當連結超頻連線者意識與對戰虛擬角色的「想像控制回路」中，有著過剩的想像流動時，溢出的雜訊就會被當成光影特效處理。現在籠罩Graph全身的過剩光光量相當低調，但這多半不是因為心念的層次很低——而是正好相反。是因為想像實在精鍊得太純粹，幾乎不存在雜訊。

鏗。

長劍Lux在一聲清澈的金屬聲響中消失了。

不，並不是消失。是刀身薄到極限——薄到了分子層級。只要春雪換個角度去看，就會看見一段影子似的朦朧刀身若隱若現。

Graph握住這堪稱單分子刀的劍，從椅子上站起。他轉過身去，就朝空無一人的地方輕輕揮了幾劍。

他並未喊出招式名稱，就只是右手咻咻咻地動了三次。

Graph就這麼把劍收進背上的劍鞘，退開一步。

一秒鐘後，石造的地板多了一處正三角形的凹陷。是Graph的劍切斷了理應不可能破壞的禁城主結構體。被削出的地磚持續下沉，終於從地板脫落，過了一會兒，一種沉重而堅硬的物體互相劇烈碰撞的聲響傳了上來。

「……差不多就像這樣。」

Graphite Edge轉過身來，雙手一攤，楓子就以一半震驚、一半傻眼的聲調問他說：

「……Graph，我說你喔，你剛剛不是才說禁城的四方門，叫『九重門』來著的……是絕對無法用心念破壞的吧？這和你剛剛的表演矛盾了。所以你並不是用這招在門上砍出了一個大洞？」

「起初我是想這麼做。可是，四方門連第三階段的心念都擋了開去。我想多半是常態消耗系統資源在持續更新資料吧……只是，這城門還是有唯一一個漏洞可以鑽。你們聽好了……即使城門本身沒有辦法破壞，兩扇門之間，理論上就是會有縫隙。」

Graph攤開雙掌往前伸來當作城門，讓左右手掌碰在一起。

「這縫隙的寬度無限趨近於零。可是，我的心念創造出來的單分子刀厚度，也是無限趨近於零。這當中就有硬塞我心念『機制』的餘地。當然了，如果只有刀身鑽得過，我自己卻過不去，那就完全沒有意義……只是，純粹以四方門來說，只要刀身砍得過去就夠了。因為……」

「因為可以從門外破壞封印牌……！」

春雪喊出這句話，Graph就似乎得意地一笑，把碰在一起的兩隻手掌往左右一分。

「沒錯。我剛剛也說過，第三階段的心念，說穿了就是『硬塞結果』。那是一種自己相信絕對會實現的機制……我稱之為『絕對理論』，心念就是用這種機制，二話不說地改寫現象。不會有華麗的聲光效果或大爆炸，就只有結果會顯現出來——我剛才示範的『闡釋劍(Elucidator)』當中的絕對理論，就是『這是薄到極致的鋒利刀刃所以什麼都能斬斷』。雖然對九重門本體不管用，但仍然成功地讓劍穿過城門的縫隙，斬斷了門後的封印。只是話說回來，實際做起來可就沒有說起來這麼輕鬆啊……」

這點可想而知。

想讓厚度是零的刀身穿過寬度是零的縫隙，那麼容錯空間也將是零。而且還必須一刀斬斷那堅固的封印牌，所以應該必須以全力揮出最快的一刀。

「……請問，這件事你一次就成功了嗎？」

春雪半信半疑地問起，Graph就水平搖了搖仍然伸在身前的雙手，表示否定。

「怎麼可能。我失敗了很多次，每次都被玄武給殺了。可是，無限制空間裡什麼都缺，就是不缺時間，而且我又還剩一大堆點數……我就當作是一種修行，一心一意挑戰下去，就在差不多忘記已經死了幾次的時候，才總算成功。」

「……Graph，要是你點數多到可以死這麼多次，我看不用往門裡鑽，應該可以跑到橋外吧？」

對於楓子這個像是傻眼之下問出的問題，雙劍士再度搖了搖頭。

「不不不，我想應該辦不到。從我在橋上復活，到玄武現身攻擊為止，確實有三秒鐘左右的緩衝時間，可是那隻烏龜大概有五成的機率，會劈頭就使出重力攻擊啊。無論先前爭取到了多少距離，到頭來還是會被吸過去，又得重頭來過。朝眼前的門揮劍，還有建設性得多了。而且……」

Graphite Edge低頭朝在左邊椅子上坐得很有規矩的Lead看了一眼……

「……就是因為進了禁城，也才收到了第二個徒弟，那些努力沒有白費。」

以平靜的聲調說出這句話。聽到他這麼說，春雪這才重新意識到一件事。

沒錯，這個雙劍士是黑雪公主的師父，而黑雪公主是春雪劍術上的師父。也就是說，春雪是Graph的徒孫，而Graph是春雪的師祖。

這麼說來，自己是不是不該像先前那樣稱他為「Graph兄」，而是應該學Lead稱他為「老師」呢？還是應該叫他「師祖」呢？

春雪正沉吟著，他的另一個師父——教他心念的師父Sky Raker，輕聲呼出一口氣。

「真受不了，第一件事總算說完了。明明只要一句『用心念突破困境』就能說完，卻整整花了二十分鐘。」

「蕾……蕾卡，妳這麼說也太難聽了吧……我可是為了讓這些年輕人和大天使容易了解，才拚命講解……」

「我可是只要一句『從Highest Level介入』就能理解了。」

梅丹佐的話不留情的程度，比起楓子是有過之而無不及，讓Graph垂頭喪氣。

楓子看著他們這樣……

「我第一次和小梅有同感呢。」

說完微微一笑。

「誰是小梅啦！」

梅丹佐大聲吼回去後，春雪立刻抓準時機插嘴：

「可是梅丹佐，記得妳以前說過，在Highest Level，對同伴或敵人都沒辦法介入……就只能加以認知。我覺得地形應該也不例外……」

「你記得我說過的話，的確值得嘉許，但既然要記住，就該記得正確。我當時是說，你無法介入。憑你在那個時候的能力，對Highest Level進行觀測，就已經是極限了。」

梅丹佐冰冷地說到這裡，聲調微微轉為柔和，這點多半只有春雪注意到。

「……可是後來，你透過Highest Level呼喚我，重新確立了即將中斷的連結。這不叫『介入』，又該叫作什麼呢？」

「啊……對……對喔……」

春雪想起先前他在那個自稱「某某照」的神祕聲音引導下，勉強得以修復了梅丹佐瀕臨消滅的核心，不由得想用雙手緊緊抱住右肩上的圖示。但要是在這個地方做出這種事，這個意外容易害羞的大天使一定會大發雷霆，所以春雪忍住這個衝動，只點了點頭。

「……要是像那個時候那麼專注，卻還只勉強能把聲音送到，要在Highest Level破壞什麼東西，想來是絕對辦不到啊……」

「那還用說，我的僕人。」

他們正進行這樣的對話，身邊的楓子就再度插了嘴：

「小佐，可以打擾一下嗎？」

「誰是小佐啦！」

「妳所說的Highest Level，如果只是要看，是任何人都看得到嗎？例如說，像我也看得到？」

「…………唔……」

梅丹佐顯得不滿地沉吟起來，從春雪的右肩移到左肩上，然後朝楓子的虛擬角色冷冷瞥了一眼。

「……完全不是任何人都看得到這麼回事，但Raker應該不是不可能。只是，以前Silver Crow之所以能夠達到Highest Level，是因為他正在和你們稱之為MarkⅡ的類Being戰鬥，意識回路的運算速度急速上升。要在平常重現出那種狀態，多半需要長時間專注。」

梅丹佐這番略帶挑釁意味的講解，讓春雪聽得心驚膽戰，所幸楓子並未發揮挑戰精神，點了點頭說：

「這樣啊……那就等下次有機會再說吧。我們今天之所以來到這禁城，為的是得到第七神器『The Fluctuaing Light』的情報，告訴Black Lotus。」

「嗯，這點我也非常有興趣。」

梅丹佐表示贊同後，楓子就轉回去面向Graphite Edge。

「那麼，我們也差不多該進入正題了吧——Graph，你三年前就闖進了禁城，不可能不對這裡的情形到處查看。告訴我，這最後的神器，究竟是……」

「等……等一下。」

雙劍士舉起雙手，楓子就讓一雙鏡頭眼閃出尖銳的光芒。

「怎樣？Graph，你有什麼怕我知道的事嗎？」

「不，也不是這樣啦……」

Graph視線亂飄，似乎在思索些什麼，但隨即呼出一口氣，說道：

「……好好好，純就我知道的範圍，我會說。關於TFL和加速世界的祕密……只是，如果要說這件事，有個地方更合適。」

「在哪裡？」

楓子狐疑地質問，雙劍士就豎起右手食指，往正下方一指。

「當然就是在這禁城正殿的最裡面……最後一道『門』後嘍。」

2

人們提到名震加速世界的六個巨大軍團時，通常都是拿擔任各軍團團長的9級玩家——也就是純色諸王的顏色名作為簡稱，例如「藍之團」、「綠之團」。

這是否表示藍之團裡頭就只有藍色系的近戰型對戰虛擬角色呢？當然完全不是這麼回事，但和各軍團旗幟色相近的虛擬角色會偏多，這樣的傾向多少是存在的。例外就是白之團，以及規模並不怎麼大的黑之團，這兩個軍團由於團長都屬於絕對稀少的顏色，根本無從增加同色系的虛擬角色。頂多就是白之團的團長代理Ivory Tower還算挺白的，以及過去曾是黑之團幹部的Graphite Edge還算挺黑的。

與這兩個軍團相比，現在的紅之團（日珥）以一個曾經一度瀕臨瓦解的軍團而言，卻相當一板一眼，有著很多紅色系角色。

Blood Leopard——掛居美早，一邊以「野獸模式」朝著練馬區公所飛奔，一邊想著這樣的念頭。

由於對戰開啟者美早抽中了「轟雷」屬性，這用來進行臨時幹部會議的練馬第三戰區，在會議開始前就散發出一種聳動的氣氛。厚實而低垂的烏雲後頭，頻繁有雷光閃動，發出低沉的轟隆聲。

「……這要不要緊啊……」

坐在背上的紅之王Scarlet Rain——上月由仁子喃喃問出這句話，於是美早簡短地問：

「妳指什麼？」

「沒有啦，記得轟雷空間裡，只要去到太高的地方，不就會被雷打成焦炭嗎？我就想說那我們還可以爬上區公所屋頂嗎？」

「……ＮＰ，應該。」

「應該……？」

「因為我記得雷電劈得到的高度是一百公尺，但區公所的高度應該是九十四公尺左右。」

「…………也太驚險了吧……」

美早一邊聽著仁子的牢騷，一邊沿著目白大道往西直線飛奔。去路上漸漸可以看見屋齡五十年的區公所大樓。聽說大樓蓋好的當時，是東京都二十三區區公所當中第二高的建築物，但現在多半是從後面算起來比較快。然而由於周圍並沒有其他太高的大樓，至今仍然極為醒目。

美早朝倒數計時瞥了一眼，看到對戰時間剩下一七二〇秒。算起來她一共花了八十秒，跑完從櫻台的蛋糕店「海濱烘焙坊」到這裡的一．五公里距離。但其他兩名幹部說會從位於區公所最高樓的展望餐廳加速，所以相信早就已經抵達屋頂了。

美早從目白大道左轉，溜進區公所用地，背上的仁子就有想跳下來的跡象。

「謝啦Pard，接下來就搭電梯……」

「用不著。」

美早回答完，立刻一口氣加快速度。「喔哇！」仁子大叫一聲，手忙腳亂地抓住美早的脖子。美早一邊感覺她的這種動作，一邊高高跳起。她以四肢的肉趾牢牢抓住垂直聳立的區公所大樓牆面，開始往上奔跑。這是她從第7級升級獎勵中取得的特殊能力「常態全牆面奔行」的效果。這和以前她所擁有的「飛簷走壁」特殊能力不一樣，不會消耗必殺技計量表，所以即使是高達一百公尺的大樓，也不用擔心會因為耗盡能量而摔落，可以放心爬上去。

「我……我說啊，要走牆壁就先說一聲啊！」

「SRY。」

美早對抱怨的仁子道歉之餘，已經一口氣跑完這光滑的牆壁，最後只差猛力一跳——但這樣有可能闖進落雷高度，所以她只正常地翻過牆，就停下了腳步。

從設置在屋頂的寬廣直升機起降場看去，有著灰濛濛的天空無限延伸，能夠將練馬戰區與杉並戰區的市街地盡收眼底。視線順著朝正南方延伸的環狀七號線大道望去，則可以看見遠方有著一批格外高大的高樓大廈聳立。美早也曾經數次去到那附近，是Silver Crow，也就是有田春雪家所在的公寓大樓。但這裡不是無限制中立空間，而是正規對戰空間，所以會受到空間界線阻隔，無法去到那棟建築物。

美早揮開這一瞬間的多愁善感，將注意力拉回眼前。

直升機起降場正中央的H字形附近，可以看見兩個人影。一邊是深紫色，個子相當高大；另一個則有著鮮豔的紅紫色，個子相當小。

這次仁子真的從美早背上跳了下來，大大伸了個懶腰，美早則在她身旁唸出指令：

「變形。」

她從豹形的野獸模式，重新變回人形的正常模式，然後走向已經先到的客人身前。

「SUP（最近還好嗎？）。」

她用What's up的簡略版打了聲招呼，站在右邊的大型男性型對戰虛擬角色就搖動他那從頭上兩側長出的巨角，長聲沉吟。

「唔唔……」

這時左邊的嬌小女性型虛擬角色拿他沒轍似的開口了：

「卡西，我說過多少次了，這只是定型化的招呼語，不用每次都要想那麼多才回答啦。網路遊戲裡的『SUP』，意思就跟『嗨』差不多而已啦。」

「不行，我這個人一向奉行正確回答主義……只要是有人問我的問題。如果我馬虎回答，事後往往會造成糾紛。所以呢，我要先想一下自己最近過得好不好……妳們先談下去吧。」

這嚴肅的回答，讓女性型角色拿他沒轍地搖了搖頭，然後轉過頭來面向美早她們，一口氣說了一大串：

「我們就先別管還是一樣正經八百到不行的卡西啦，Rain、Pard好久不見！最近我們連領土戰爭時都老是分在不同隊，妳們見不到老子，一定很寂寞吧？說不定這次臨時召集開會，其實也是想見老子？開玩笑的啦哈哈哈！」

她第一人稱是「老子」，說話卻是高八度的娃娃音，聽著她用這麼快的速度，往往令人聽得暈頭轉向。

美早只聳了聳肩膀，站在她身旁的仁子則輕輕舉起右手回應：

「嗨，卡西、波奇。不好意思突然找你們出來。雖然我倒不是因為寂寞才找人啦。」

「Rain還是一樣不老實呢。其實妳很想在我毛茸茸的毛皮上磨蹭吧？來來來。」

她以敏捷的身手接近仁子，用她背上覆蓋的一層加速世界中極為罕見的毛皮型裝甲，往仁子身上磨蹭。紅之王雖然一度後仰上身避開，但似乎輸給了誘惑，雙手伸進那紅紫色的毛皮裡抓了又抓。

「對對對，就是那裡，Rain的手小小的，果然感覺好好喔，啊，再上面一點。」

「怎樣啦？想被磨蹭的明明就是妳吧？」

仁子嘴上抱怨，雙手卻不停下。美早也曾摸過幾次，那種毛皮有如絲絨般柔順，摸起來再舒服不過。只是也只有平常是這樣。

仁子稱之為波奇的這位女性型角色，正式的虛擬角色名稱是「Thistle Porcupine」。Thistle是植物「薊」，Porcupine則是動物「豪豬」。兩者之間的共通點，就是都長滿了刺。

Thistle讓仁子在背上搔了個夠之後，似乎總算心滿意足，發出「哈呼～～」的一聲，從仁子身前走開。身後的男性型角色則抓準這個時機開了口：

「如果分別從身體與精神兩方面，來評估我最近過得好不好，首先健康狀況方面沒有太大的問題，但從幾天前臼齒就有點痛，讓我有點擔心。另外精神狀態絕對不差，因為期末考已經結束，暑假就快要到了。因此，Blood Leopard，我對先前那個問題的回答是『還不錯』。」

「既然這樣，從一開始就回答『還不錯』就好啦！還有趕快去看牙醫！去給醫生用奈米機器咻咻幾下，馬上就會好了吧！」

Thistle微微豎起背上的長毛嚷嚷完，男性型角色就把巨大的雙角往後仰，回答說：

「我這個人做事一向牢靠。我已經預約好，這場會議結束後就去看……就去站前那家牙科醫院。」

「啊～在站前，那就是那一家吧？等等，你透露這麼多，等於是要我們去偷看。這下可有個好機會，可以看到卡西的真面目了！」

「嗚……不要這樣！我可是講求劃分得清清楚楚，現實歸現實，ＢＢ歸ＢＢ！」

這個看似牢靠卻又有點少根筋的男性型角色，名稱叫作「Cassis Moose」。Cassis是植物「茶藨子」，Moose則是動物「駝鹿」，所以命名方式和Thistle完全一樣。另外一身深紫色的裝甲色也相當相似。

但他們的共通點也只有這些，若把角也算進去，他有著身高超過兩公尺的巨大身軀與健壯的四肢，厚重的裝甲板上也沒有毛。個性也不一樣，在Thistle等直率型居多的紅之團內，可算是思考型的人物。

Cassis Moose與Thistle Porcupine，再加上Blood Leopard這三個人，就是支持第二代紅之王的日珥幹部集團。由於三人的虛擬角色都屬於動物類，不知不覺間也就被安了「三獸士」這麼一個煞有其事的外號。而取這樣的集團外號，似乎也已經成了七大軍團的傳統。

美早和他們兩人打完招呼後，先朝仁子瞥了一眼，然後開口說道：

「我差不多想開始開會了。」

「好好～」「隨時都行。」

Thistle與Cassis同時回答完，散發出來的感覺也瞬間轉為緊繃。Thistle以她動物般的直覺，而Cassis則透過事先得到的情報，察覺到這次臨時會議的議題極為重大。

如果是例行性的會議，通常都是由姑且算是三獸士首席的美早來擔任主席，但今天她把這個工作讓給仁子，自己退下一步。紅之王代她上前，並不立刻發言，先依序默默看了看三名幹部。她的個子即使和Thistle相比，都還要再嬌小一些，但這全加速世界最嬌小等級的虛擬角色，卻突然顯得很高大。

「卡西、波奇、Pard——Cherry那件事你們都還記得吧？」

美早感覺到這句開場白，讓整個空間的氣氛都變得更加緊繃。

Scarlet Rain的「上輩」Cherry Rook，在半年前突然化為第五代Chrome Disaster，在屬於中立戰區的池袋附近，攻擊許多超頻連線者。這當中也包含了已經簽訂互不侵犯條約的其他大軍團團員，仁子擔心這會演變成軍團間的火拚，於是親自去和才剛復活的黑之團接觸，藉助他們的力量，討伐了Disaster，並以「處決攻擊」讓Cherry Rook離開了加速世界。

「……哪有可能忘記啊。」

Thistle喃喃回答。她和Cherry Rook不但裝甲色類似，而且又同樣有著動物類的虛擬角色名稱，想必當初十分要好。

「把『鎧甲』交給Cherry的是宇宙祕境馬戲團。而在背後穿針引線的，則是加速研究社。我絕對不會原諒那些傢伙。」

她口氣固雖然平靜，背上的毛卻無聲無息地豎起。本來蓬鬆又柔軟的長毛，開始以幾十根為單位，揉合成一種有著斑紋，又粗又尖銳的尖針。

仁子對這樣的Thistle緩緩點頭，再度開口說道：

「我會要Radio一個子兒也不少地付出代價。可是，我們非得先搞定不可的，是研究社這邊。之前我也通告過你們，他們已經創造出新的『鎧甲』，打算用這玩意兒再大鬧一場。而且他們拿來打造這鎧甲的材料就是我的強化外裝（推進器）……我們非得趁同樣的事情發生之前，先把東西搶回來不可。」

「這我也有同感……──可是Rain，就算想先發制人，我們根本就不清楚研究社到底是何方神聖吧？這樣根本就沒有辦法攻打啊。」

Thistle背上的尖針仍微微豎起，說得忿忿不平。仁子尚未將那與加速研究社有關的最重大祕密告訴她。

低得令人錯以為伸手就能碰到的層層烏雲後，微微閃出兩三次亮光。過了一會兒，低沉的遠雷撼動了區公所大樓。

「波奇……Thistle。」

仁子改用正確的名稱重新叫了一聲，讓一雙大大的鏡頭眼精光閃現，說道：

「首先我為太晚告知道歉。就在前不久，我遇到了加速研究社的老大。」

「…………啥啊啊啊啊，什麼鬼啊！」

Thistle霹的一聲，從背上射出一根長達五十公分的尖針，深深刺進直升機起降場的水泥地面。

「妳……妳說老大……所以不是假扮黑之王來偷襲的那個叫Black Vice的傢伙，是更上頭的頭目了？」

「就是這個大頭目。只是話說回來，對方是用觀戰用的假虛擬角色現身啦……可是她，卻敢用這假虛擬角色，一個人對付我、Pard還有黑暗星雲那些人。要是我們跟她打……多半贏不了。」

「啥啊啊啊啊啊？別開玩笑了！」

霹霹。又有兩根尖針射出，插進地板。

「照妳說的這陣容，不就有兩個王嗎？怎麼可能用假虛擬角色打贏？」

「不……畢竟對方也是王啊。」

「…………啥？」

「加速研究社的大頭目，就是『震盪宇宙』的頭兒，白之王White Cosmos。」

「…………………啥啊啊啊啊啊啊——！」

美早看著她在第三次的吶喊中射出將近十根尖針，不得不心想：「真正驚人的還在後頭，妳還是留著點比較好吧」。

所幸Thistle勉強恢復了鎮定，深呼吸一口氣之後，看看仁子，又看看美早。

「……這不是開玩笑，對吧。」

仁子回答：「對。」，美早也深深點頭。

白之王使用假的虛擬角色，出現在黑之團大本營所在的梅鄉國中時的情形，深深烙印在她們的記憶之中。

對方明明是戰鬥力只有最低數值的假虛擬角色，美早卻被那壓倒性的壓力震懾住，連聲音也發不出來。仁子照理說也承受了一樣的恐懼，她卻揮開了恐懼，大聲喊了出來，喝問對方就是否就是這一切的幕後黑手。

再也不能這樣——哪怕對手是白之王，又或者是災禍之鎧MarkⅡ，自己都再也不能在仁子面前退縮。

美早一邊重新咀嚼著這樣的決心，一邊接替仁子繼續說明。

「加速研究社的基地，和白之團的大本營，就在同一個地點。在港區第三戰區的私立永恆女學院。也就是說，如果這個戰區不再是白之團的領土，那裡的對戰名單上，就很有可能出現研究社成員的名字。」

「……的確，如果能查看名單，應該是再也錯不了……」

Cassis Moose以沉重的聲調開了口。

「這可一點都不容易啊。要剝奪對戰名單隱蔽特權，就非勝利不可……得在領土戰爭中打贏白之團。現在的加速世界裡，有人能夠辦到這件事嗎？」

「我不知道可不可能。可是，他們就是打算這麼做。」

美早頓了一頓，然後說下去：

「這是最高機密情報……下週的領土戰爭裡，黑暗星雲就要進攻震盪宇宙。」

「…………啥啊啊啊啊啊！」

Thistle再度尖叫，但這次似乎自我克制，並未射出背上的針。

「進攻……黑暗星雲前陣子多了三個人，不也才總算湊到十個人嗎！也就是說，如果留下三個人防守杉並，進攻團隊最多是七個人，可是震盪宇宙的防衛隊應該有兩倍，搞不好有個三倍！這再怎麼說也沒有搞頭吧？」

「他們是打算打贏啦，我想應該會打得有聲有色就是了……」

仁子雙手抱胸，先緩了一下步調，然後漸漸逼近正題。

「可是，我也覺得他們這一戰會很艱辛。而且為防萬一，Lotus自己又不能參加……——只是，這個作戰對日珥（我們軍團）來說也是最後的機會。要打垮加速研究社，搶回我的推進器，唯一的方法就是趁這個機會，揭穿他們的真面目。」

「…………老子我怎麼愈想愈覺得有不好的預感了。」

仁子對喃喃說出這句話的Thistle露出賊笑，一口氣說出了這次會議的正題。

「所以，我打算動員我們軍團，支援黑暗星雲的作戰。」

「…………………唔喲……」

薊色豪豬發出的奇怪聲音，多半是為了忍住把背上的尖針全部發射出去的衝動而產生的悶哼。她豎起的尖針頻頻顫動，把長著爪子的雙手舉到胸前。

「給……給我等一下……我說啊，Rain，大家都不是新手了，我猜妳也不想聽我講解領土戰的基礎知識，不過我還是姑且問一下喔。領土戰的進攻團隊是以軍團為單位，所以不能搞什麼由其他軍團派遣友軍參戰之類的行動，這妳應該也知道吧？」

「我當然知道。」

仁子回答的聲調也很正經。保持沉默的Cassis Moose一張鹿臉上，也露出了緊張的神色。Thistle先朝他瞥了一眼，然後重新發問：

「……妳說的支援，應該不是指我們派出分遣隊，去攻打港區第一或第二戰區之類的情形吧？畢竟我們兩團之間的領土就沒有相鄰，根本不能進攻。所以妳的意思……就是要讓我們團裡的人暫時退出軍團，讓這些人加入黑暗星雲。」

「妳說的方向對了。只是……派幾個人啦、暫時加入啦，搞這些半吊子的把戲，打不贏震盪宇宙。」

或許是感應到仁子即將說出的話所蘊含的破壞力，轟雷空間的烏雲翻騰得更加劇烈，發出重低音的雷鳴。

「去幫忙打領土戰的部隊，就由我和Pard為主。」

「天啊……………」

Thistle背上的針豎到極限。

「只是這樣一來，練馬的防守就會讓人不放心，所以我會安排好，讓你們隨時都可以跟杉並請求支援。」

「天啊…………」

「坦白說啊……」

紅之王Scarlet Rain清了清嗓子後，終於說出了這句話。

「……我要讓日珥跟黑暗星雲合併。」

天啊啊啊啊啊啊啊啊啊————！

這聲吶喊撼動了對戰空間，幾十根尖針接連朝上空發射，雷電接連打在這些尖針上，用轟隆巨響與閃光淹沒了整個世界。

3

Graphite Edge以「闡釋劍」的第三階段心念，在禁城二樓的休息室地板上開出大洞，似乎並非只是為了示範。

雙劍士提議換個地方後，走向地板的大洞，朝洞口一指，略顯炫耀地說：

「只要從這個洞下去，就可以少走一大段路了。只是就算抄了捷徑，要去到『神器廳』，多半還是得跟衛兵打上一兩場。」

這兩點他都說對了，四人從洞口跳下去之後，走過去的距離大約只有兩百公尺，但路上有兩隻不走動的衛兵公敵，所以只能打倒他們再通過。只是話說回來，有Graphte Edge與Sky Raker這兩名高等級玩家將實力發揮得淋漓盡致，春雪與Trilead除了擾敵之外，也沒有什麼事情可做。

等到打開說是「九重門」當中第八扇的大門，進到一個昏暗的大廣間時，春雪與楓子的累計加速時間已經達到九十五分鐘。距離自動斷線保險措施發動，還剩下二十分鐘出頭。

春雪一邊想著這下可得先回到現實世界再花10點重新連線進來，一邊走過大廣間，就看到兩個大型台座從去路上的黑暗中浮現出來。他忍不住小跑步過去，繞到台座的正面。

這是兩根空出兩公尺間隔並排的黝黑石柱。正面鑲嵌著歷經悠久時光卻仍不失光輝的金屬板。上面雕著圖樣化的北斗七星，以及在加速世界幾乎從不使用的漢字。右邊台座的牌子上寫著【開陽】，左邊台座的牌子上則寫著【玉衡】。

「……這就是安置第五和第六神器的台座吧……」

楓子站到他身旁，說話的模樣也不由得感慨良多。春雪點點頭，補充說明：

「是，師父。放在右邊台座上的鎧甲就是『The Destiny』，放在左邊台座上的劍就是『The Infinity』。Destiny已經由我們封印了，但Infinity……」

春雪說著轉過身去，朝與Graph並肩站著的Trilead Tetraoxide看了一眼。年輕武者緬靦地從腰間解下直刀的刀鞘，雙手輕輕捧起。

「Raker姊，這就是The Infinity。說來僭越，現在由我持有。妳要不要拿拿看？」

「不用了。這刀真棒，謝謝你給我看，Lead。」

Raker微笑著回答完，再度將視線轉回台座上，喃喃說道：

「劍……還有鎧甲。我本來還以為既然放在禁城，就會以『三神器』為題材，但看來我猜錯了呢。」

「妳說的三神器……是指日本神話裡面的……？」

春雪歪頭一問，就聽到啪的一聲響。是Graphite Edge彈響了手指。

「真不愧是蕾卡老師，著眼點非常好。我也和Lead提過，說天皇家傳承的所謂三神器……也就是『草薙劍』、『八咫鏡』、『八尺瓊勾玉』，有可能就對應到加速世界七神器當中的第五、第六、第七星。」

「哎呀，可是即使The Infinity是劍，可以類比草薙劍，但The Destiny不是鎧甲嗎？要類比鏡子會不會太牽強了？」

楓子指出的問題很有道理。春雪正連連點頭，雙劍士就左右搖了搖右手食指。

「可是呢，變成『The Disaster』之前的Destiny原本的性能，可是物理攻擊無效，光屬性攻擊反射呢。最重要的是它外觀的銀色亮得幾乎刺眼，簡直就像鏡子一樣啊……」

「哎呀，聽你的口氣，好像親眼看過呢。」

楓子這麼一吐嘈，雙劍士就露骨地清了清嗓子扯開話題說：「先不說這個。」，拉回正題說下去：

「不管怎麼說，認為Destiny對應八咫鏡的這個猜測我覺得倒也不是那麼牽強啊，嗯。」

「那……那麼……也就是說這第三樣，八尺瓊勾玉，就對應到第七件神器……『The Fluctuaing Light』了……？」

春雪問出這個問題的瞬間，在他右肩上保持沉默已經好一陣子的圖示，發出了一瞬間的強光。但她似乎還不打算發言，所以春雪將視線拉回Graph身上。

雙劍士又一次不想立刻回答。他不發一語，慢慢轉身，朝大廣間北側的牆壁看去。光線昏暗讓人看不清楚，但那兒有著一道形式狀似古代神殿的門，張開了深不見底的口。那就是「九重門」當中的最後一道。這道門和先前的門不一樣，沒有門板，卻洩出一種蘊含不祥預感的寒氣，讓人不敢貿然踏進去。

「……安置在現實世界皇居當中的三種神器……」

Trilead忽然說出這麼一句話，讓春雪轉動了視線。年輕武士一邊再度將劍掛回左腰，一邊以平靜的聲調說下去：

「……其中的劍和鏡子是『替身』，說得難聽點就是複製品。據說真正的草薙劍放在愛知縣的熱田神宮，而八咫鏡放在三重縣的伊勢神宮。可是，聽說就只有八尺瓊勾玉，是拿真貨供奉在皇居吹上御所的劍璽廳。當然我也不曾看過就是了。」

「……也就是說，存在於，或者說曾經存在於加速世界禁城當中的三種神器當中，也只有七號星『搖光』是真貨，你說的就是這麼回事？」

Lead輕輕搖頭回應楓子的問題。

「我不知道要以什麼基準來判定真假。只是……這知識是我跟Graph老師現學現賣來的，七神器全都安上了各自名稱和英文名稱，其中只有『搖光』和『The Fluctuaing Light』正確地對應上了。」

「咦……?Light是『光』我懂，可是Fluctuaing是什麼意思……?」

春雪歪頭納悶，後悔地想著早知如此，就應該先好好查過字典。他對這個單字非常陌生，至少肯定不是國中會學到的英文單字。

回答春雪這個問題的，不是Lead也不是楓子，而是仍然將視線投向第九號門的Graphite Edge。

「Fluctuate是個動詞，有搖動、變動、起伏等等的意思。也就是說，The Fluctuaing Light就是『搖動的光』。再縮短一點，就直接變成『搖光』……」

春雪從他那一貫難以捉摸的嗓音中，聽出了某種像是咬著牙的聲調，不由得眨了眨眼。但雙劍士聳聳肩膀轉過身來之後，已經完全變回平常的模樣，說了下去：

「只有最後一件神器的名稱完全對應到，這當中是有著什麼意義……還是純粹出於偶然，這我也不知道。如果想知道，也只能升上10級，去問所謂的開發者了吧。」

Graph哈哈兩聲短笑，接著突然就有人發出了集中得像是雷射似的說話聲。

「想也知道有意義。」

發言者就是先前一直停在春雪右肩上保持沉默的圖示——大天使梅丹佐。

「Graphite Edge，這你應該是知道的。你擁有達到Highest Level的能力與闖進區域00的手段，不可能會不知道。知道你們稱之為加速世界的『BRAIN BURST』存在的理由……就是要去到The Fluctuaing Light。」

圖示輕輕飄起，發出格外強勁的光芒，同時以不愧大天使名號的威嚴嗓音對雙劍士下令：

「Graphite Edge，給我說出來。你們……包括已經消滅的『ACCEL ASSAULT』與『COSMOS CORRUPT』在內這三個世界的小戰士們，為什麼會被迫互相打鬥？我們Being又是為什麼被創造出來的？最後一件神器The Fluctuaing Light，到底又是什麼？」

楓子與Lead聽到她這麼說，都震驚得上身有點後仰。

這也難怪。因為他們多半以為梅丹佐終究只是公敵——由BB系統控制的AI。但大天使的聲調當中，卻有著與春雪這些超頻連線者絲毫沒有兩樣的苦惱與渴望。

雙劍士並不立刻回答。

他默默抬頭，看了看這飄在比他的頭略高處的圖示，然後轉過身去。只聽他隔著肩膀發出平靜的嗓音。

「……我剛才也說過，在談這件事之前，我們先移動到『八神之社』吧。」

雙劍士朝著第九號門走去，梅丹佐也默默低頭看著他。過了一會兒，她輕巧地落到春雪右肩上那屬於她的位置。

春雪和楓子、Lead對看一眼後，從Graphite Edge背後追了上去。

穿過壯觀的門後，就和上次一樣，有著濃密的黑暗瀰漫整個視野。但很快就在去路上，看見一種朦朧的光芒。一行人在牆壁凹陷處搖曳的蠟燭火苗引導下，沿著通往地底的螺旋梯往下走。

春雪這次想試著數出這樓梯有幾階，但超過一百階以後，就再也搞不清楚數字了。因為光是抗拒一股沿著冰冷石階往上湧的莫名壓力，就已經讓他竭盡心力。

如果會覺得比一個月前更可怕，是因為知識與經驗增加，那倒還算好——春雪一邊想著這樣的念頭，一邊專心致志地動著雙腳，好不容易才從去路上聽見Graph說話的嗓音。

「到啦。」

春雪呼了一口氣，抬起頭來。

這個禁城正殿最深處的小房間，就像處在月光屬性空間下，四面八方都鋪有白色磁磚。燭台的燈光照在打磨光滑的地板材質上，有如水面倒影般搖曳。

雖說是小房間，但面積多半有有田家客廳的兩倍。前方的牆上開著一個很大的拱形開口，但有纖細的銀色柵欄阻擋。再過去則是一整團黑暗。

楓子踩著輕盈的腳步聲穿過房間，毫不畏懼地接近柵欄，面向前方的黑暗。春雪也戰戰兢兢走到楓子身旁，隔著銀色柵欄凝視前方。

忽然間，啵的一聲輕響，一小段距離外，亮起了一盞小小的燈。這團黃色光芒的源頭，是白色木燭台上的蠟燭。同樣的光芒從近到遠接連亮起，排出一條有著微弱光明的道路。過了一會兒，遙遠的前方出現了一座黑色的石造台座。

樣式和樓上大廣間中的台座一樣，但這個台座並不是空的。台座上存在著某種籠罩在藍色脈動光芒當中的「東西」。它不規則地搖曳著溫暖的金黃色光輝，彷彿等不及封印解開的瞬間來臨。

「……這就是……八神之社。」

楓子在春雪左邊喃喃自語。

「那就是，The Fluctuaing Light。」

梅丹佐在他右肩輕聲說話。

「實實在在是『搖動的光』呢。從這裡看，實在看不出那是什麼物體……」

楓子這麼一接話，梅丹佐就微微飄起，回答說：

「只能用視覺資訊觀察，實在太令人心焦了。我的僕人、Raker，你們靠近一點去看。」

「哇，辦不到辦不到，辦不到啦！」

春雪趕緊大喊。

「一旦跨過這條注連繩，就會跑出一種叫作八神的超強公敵，事情可就麻煩了……是這樣沒錯吧？」

最後的疑問詞，是針對背後的Trilead而發。年輕武者輕輕點頭，以鎮定的聲調解說：

「是。我不曾和四方門的四神正式打過，但Graph老師說八神的戰鬥力更在他們之上。」

「是這樣嗎？」

楓子也轉過身去，朝靠在入口附近牆上的雙劍士問起。Graph一邊用右手食指搔搔頭盔，一邊說出了比徒弟要吞吞吐吐得多的回答。

「嗯……嗯嗯～～……其實我也只試過有沒有辦法不跟他們打就溜到台座附近啦。只是，該怎麼說，四神終究是巨大公敵，戰場也還算寬廣。用遊戲的觀點來形容，就是『聯合部隊圍攻頭目戰』。由於可以讓多達幾十人組成的團隊同時應戰，也就有著在戰略、戰術上動腦筋的餘地。相對的，你們也看到了，八神的戰場是在室內，敵人的體型也只和大型的對戰虛擬角色差不多大，所以與其說是頭目戰，更像是『PvP』，也就是比較接近BRAIN BURST原本的對戰。搞不好得要一對一單挑，但對方的規格卻是四神等級啊……坦白說，我的感想是沒搞頭。」

「哦……曾經單獨挑戰過印堤的你都說沒搞頭，大概就是真的沒搞頭吧。」

楓子這麼一回答，Graph就苦笑似的聳了聳肩膀。

春雪聽著這兩位身經百戰的高等級玩家對話，忽然產生了一個根本的疑問，於是有些客氣地開了口：

「Graph兄……可以請問一下嗎？」

「嗯?Crow，你想問什麼?」

「呃……梅丹佐剛才說，這個遊戲……BRAIN BURST 2039存在的理由，就是抵達The Fluctuaing Light。這意思也就是說，BRAIN BURST的設計者，是為了讓我們超頻連線者攻略禁城，才打造出這個遊戲，是吧?畢竟是遊戲，要克服各式各樣的障礙才能破關，這我懂。像是要升級、在迷宮裡探險、取得寶物、打倒頭目……可是，通常這當中都有所謂的遊戲平衡度吧?調整出適當的難度，是設計者非常重要的工作，不是嗎?可是……四神和八神的強度，再怎麼說都太沒天理了……感覺就好像，說什麼也不想讓人破關似的——設計者到底希不希望玩家攻略禁城?」

春雪對於自己將思緒化為言語的能力毫無自信，但看來他拚命說出的疑問，總算勉強讓對方聽懂了。

雙劍士緩緩點頭，以多了幾分正經的聲調說：

「Silver Crow，你覺得這個遊戲的設定有矛盾，而你的這種感覺是對的。可是，這是沒有辦法的。因為BRAIN BURST 2039是遊戲，卻又不是遊戲。」

「這……請問，這話怎麼說?」

春雪倒抽一口氣反問。

上個月底，發生在加速研究社大本營的那場激戰中，大天使梅丹佐帶他看了Highest Level

時，他也產生了幾乎完全一樣的疑問。

假設是BRAIN BURST的設計者，將『TFL』放在禁城最深處，那麼如果需要用到，只要伸出神之手拿出來不就好了？何必指定為遊戲的破關條件，特地讓許多超頻連線者去攻略禁城呢？

Graphite Edge在春雪的視線所向之處微微一動。

但雙劍士說話前，身旁的楓子迅速舉起右手。

「慢著，我和鴉同學距離自動斷線只剩兩分鐘了。看起來這事說來話長，可以等我們重新連線進來再說嗎？」

「噢……這樣啊？那，我和Lead就在這附近等著，麻煩你們盡快重新登……不，我是說重新連進來。」

Graph用他一貫的那種摻雜老派網路遊戲用語的語氣這麼說完，就靠到牆上，雙手抱胸。

春雪朝開著沒關的系統選單累計時間瞥了一眼，然後對右肩上的立體圖示輕聲說：

「對不起，梅丹佐，我馬上回來，妳等一下。」

「……僕人，動作要快。」

梅丹佐的嗓音一樣囂張，卻又顯得有點鬧彆扭，令春雪不由得莞爾，接著對走到Graph身旁的Lead也打了聲招呼。

「那Lead，我去去就回來。」

「好的，Crow兄、Raker姊，兩位請慢走。」

打完招呼後，就只剩下三十秒。他和楓子相視點頭，正準備因應斷線，忽然間Graph就彈響了右手手指。

「對了蕾卡，麻煩把下次斷線發動的時間設定在十個小時左右。」

「還真久呢。」

「這是有理由的。總之拜託妳啦。」

楓子雖然露出有些狐疑的表情，但仍點了點頭，握住春雪的右手一秒鐘後，視野中亮出深紅色的警告標語。

【DISCONNECTION WARNING】這行字後頭，可以看見禁城最深處的光景慢慢在光芒中消融，漸漸看不見了。

4

「合……合……合合合合合合合合合合！」

Thistle Porcupine把背上的針全都射了出去，從圓滾滾的可愛野獸模樣變得十分苗條，口中卻仍發出像出了問題的錄音檔跳針似的連發叫聲。

站在一旁的Cassis Moose用他的大手輕輕在她背上一拍，Thistle就咳了好一會兒，然後才深深吸進一口氣。

「…………合併～～～～～？」

最後發出超高音域的尖叫。

美早與仁子等耳鳴消退後，同時點了點頭。

「YES。」

「沒錯。」

緊接著Thistle就身體一晃。三獸士當中，就屬她對於和黑暗星雲合作的做法表示出最多疑慮，所以也不是不能體會她會大受震撼，但還是非得讓她理解不可。

Thistle儘管虛擬身體往後傾斜了二十度左右，但仍勉強踏住了腳步，雙手往前伸，頻頻搖頭說道：

「不……不不不不，等一下。呃……說起來，讓軍團合併這種事情，系統上允許嗎？」

美早對總算稍微鎮定了些的豪豬點了點頭。

「可以。只是，有領土的軍團要互相合併，領土就必須相鄰。」

「這個情形下，像是軍團名稱、還有軍團長，會怎麼決定？」

第二個問題則由仁子回答：

「這個部分好像是有各種選項可以自由選擇。可以保留其中一個軍團的名稱，也可以取個新名字，可以由其中一個軍團長繼續擔任軍團長，也可以選出新的軍團長。」

「哦……——聽說前陣子世田谷戰區有幾個人加入了黑暗星雲，他們是怎樣的情形？」

「啊~她們不是合併，是先解散原本的軍團，重新加入黑暗星雲。」

「是喔？為什麼要特地弄得這麼麻煩？」

「誰知道呢……我也沒問這麼多。」

就在這個Thistle與仁子不約而同歪了歪頭的時機，先前一直保持沉默的Cassis Moose發言了：

「大概會共享『處決攻擊』吧……」

「這話怎麼說?」

Cassis把頭歪向另一邊。

「我也是這次去查過才知道的……當兩個軍團合併,無論各種選項怎麼選,原本的兩個軍團長都還會保留一個月的……處決攻擊發動權。」

「是喔……這也就是說,如果合併後的軍團選出一個新的軍團長,那麼包括原本的兩個前任軍團長在內,暫時會有三個人可以處決團員?」

「看樣子是這樣。」

「嗚噁,這下如果合併後爭執起來,就會弄得處決大放送啦!」

「這種大放送也太討厭了吧。」

仁子聽著Cassis與Thistle的對話,苦笑著打岔:

「這也就是說,Petit Paquet的前軍團長,是為了不讓處決的權利留在自己身上,才特意先解散了軍團?還真有膽識呢。」

「等等等等等!現在不是佩服的時候吧,Rain!」

Thistle再度拉高音調嚷嚷起來。

「妳該不會要讓我們軍團也這麼做吧?我才不要搞得像是我們被合併吸收一樣!」

「波奇,妳冷靜點。」

Cassis把雙手放到Thistle肩上，嬌小的豪豬就再度慢慢冷卻下來。最後她重重呼出一口氣，然後抬頭對這個高大的駝鹿翻白眼。

「……Cassis你也太鎮定了吧……啊，你該不會從一開始就知道合併的事了？」

「這……這個嘛，這些小事就別在意了。」

Cassis一邊清了清嗓子，一邊放開雙手，退開一步。

Thistle Porcupine的推測是對的。美早與仁子在這場會議之前，就先只把軍團合併的可能性告知了Cassis Moose。她們這麼做的理由，是希望他能幫忙安撫燃點低的Thistle，但Cassis還自行幫忙查了不少事情。

美早擔任新生日珥副團長奮戰至今的這段不短的日子裡，就曾經屢次得到他冷靜的判斷力，以及Thistle臨機應變的爆發力幫助。他們兩人都是軍團不可或缺的最高幹部，而且也深深愛著這個軍團。

他們對軍團的愛，也許更勝過美早。

美早身為「三獸士」的忠誠心，主要並非投注在軍團，而是投注在仁子個人身上。而美早身為超頻連線者的熱情，則是指向個人戰多於領土戰爭。她之所以會頻繁地出入被譽為對戰聖地的秋葉原對戰競技場，收集情報固然是目的之一，但想磨練一對一的對戰技術，也占了很大一部分。

因此美早對於和黑暗星雲合併這件事並不怎麼抗拒。日珥的名稱消失固然令她遺憾，但只要有仁子在的地方，就是美早的戰場，何況這次的合併方針是仁子深思熟慮之後才決定的。

然而對大多數的日珥團員來說，多半沒有辦法這麼輕易地接受這件事。即使是從第二代團長的時代才開始嶄露頭角的Thistle，都受到這麼大的震撼，從前任團長時代就加入的老資格團員Blaze Heart與Peach Parasol等人，多半不會只是嚇一跳而已。因為不管怎麼說，砍下前任團長紅之王Red Rider的首級，逼得他點數全失的人，正是黑暗星雲的現任軍團長，黑之王Black Lotus——

「波奇，我也知道要和黑暗星雲合併，這件事讓人很難接受。」

仁子朝著默默讓一身淡紫色毛皮呈波浪狀翻動的Thistle Porcupine，靜靜地開始訴說：

「當然，我也沒打算解散日珥，單方面讓對方吸收。我打算好好交涉，讓這次合併以對等方式進行。只是……就算是這樣，坦白說，我沒把握能讓現在的所有團員都願意追隨我。相信多得是團員會想退出……而且即使波奇和卡西做出這個選擇，我也沒有權利責怪你們……」

「……………」

Thistle想也不想就要回話，但Cassis再度輕輕按住她。仁子直視他們倆，繼續說道：

「只是……我最近常常在想。我在上一代退場後就進入動盪戰國時代的練馬和池袋這一帶，為了活下去而拚命戰鬥，為的是什麼……從我被拱上第二代紅之王的立場後，也一直咬緊牙關保護領土，又是為了什麼。我這個人，根本就不適合扮演那種領導一大群人的角色，而且老實說，我對日珥這塊招牌也不是那麼有感情。根本就不必有什麼領土，只要能和幾個知心的朋友一起，創個小小的軍團，在加速世界的角落開開心心地玩下去就好了……」

深紅色的少女型虛擬角色，仰望轟雷空間裡灰濛濛的天空。她就像在厚重的雲層後頭找到了飛鳥似的，輕輕伸出右手。

「我想，我一定是不想逃避。不想逃避那些想從瀕臨瓦解的紅之團身上大撈一票點數而跑來攻擊的傢伙……也不想逃避那些大軍團裡看不起我，覺得我終究不是純色，只是個冒牌王的傢伙……還有，更不想逃避願意依靠我的現在這些日珥團員。我一直覺得自己只是在虛張聲勢，遲早有一天我的鍍金會被剝開，讓大家看到我的難堪樣，讓我怕得不得了……可是，我心中卻實實在在有著不想逃避，不想認輸的心情……」

相信讓仁子察覺這一點的並不是美早，而是半年前才認識的那隻銀色的烏鴉。這件事讓美早感覺到等量的落寞與欣喜，她豎起耳朵，不想漏聽這位年幼的軍團長所說的一字一句。

「——所以我這次也想咬牙撐下去。坦白說，加速研究社，還有白之團，我都很怕。可是，他們是害死Cherry的仇人……同時也是我的仇人。要是在這個時候逃避，把事情全都交給黑暗星雲那些人去處理，我就再也沒有資格自稱是王了。這次，我一定要憑自己的意志，為了保護自己該保護的事物而戰……波奇、卡西，拜託你們，助我一臂之力。」

仁子斬釘截鐵地說完最後這句話，就朝「三獸士」當中的這兩人用力一鞠躬。

Thistle讓幾乎已經長回原來長度的毛皮甩出一波很大的波浪，深深吸一口氣，然後以平靜的聲調質問軍團長：

「Rain，妳說妳該保護的東西，是什麼？」

仁子站直身體，以毫不動搖的聲調回答：

「我自己，和日珥的伙伴們……還有加速世界本身。」

接著這次換Cassis甩動巨大的角問起：

「黑之王Black Lotus，應該是在追求升上10級……也就是把BRAIN BURST玩到破關。即使她的這條路將會帶來加速世界的結束，妳想和她並肩作戰的意志也不會動搖嗎？」

「對。畢竟那是她『該保護的東西』……而且我認為即使有誰升上了10級，這個世界也不會就這麼突然消失。等級這種東西，不就是為了贏得某些東西才升上去的嗎？如果這個遊戲有簡單到只要增加數字就可以破關，我們才不會玩得這樣拚命哭泣、拚命歡笑。就算升上了10級，見到了所謂開發者，我想頂多也只會領到一些新的任務而已。」

說來對黑之王有點過意不去，但聽仁子這麼一斷定，就愈想愈覺得多半真是這樣。但相對的，美早卻也沒有足夠的自負，敢斷定BRANI BURST的10級只是個數字。畢竟只有10級，是不管灌注多少超頻點數都升不上去的。只有走過讓五名9級玩家點數全失的這種血腥的道路，才能去到那個境界——

仁子將黑之王Black Lotus要走的霸道，形容為「該保護的東西」。相信仁子一定也在黑之王身上，感受到了某種與她自己相近的事物。她們兩人雖然一個用劍，一個用槍，但兩個對戰虛擬角色，都懷抱著傷害、驅逐所有接近自己之事物的力量而誕生。而她們兩人都正視、接受象徵自己「精神創傷」的力量，試圖將傷痛化為堅強——將黑暗化為光明。

「……哪怕……將來有一天，非得和Lotus打不可的那個時候會來臨，也不例外……」

仁子以一雙蘊含著堅定光輝的鏡頭眼，依序看著不發一語的三獸士，以鎮定的嗓音說道。

「即使結果會導致我們當中有一個人點數全失，我也會接受這個命運。因為明知有一戰定生死這個規則，卻還選擇升上9級的就是我自己……我之所以追求力量，是為了保護我周遭的世界。所以，我想把這個決定貫徹到最後關頭。為了保護我要保護的東西，現在我非得和Lotus通力合作，和白之團戰鬥不可。」

仁子閉上嘴後，Thistle與Cassis仍然好一會兒什麼話都不說。

Thistle將一身不知不覺間已經再生完畢的毛皮豎起一次，然後變回柔軟，任由毛皮受冷風吹拂。

這個薊色的對戰虛擬角色，仰望著翻騰的烏雲，花了很長的時間慢慢點頭。

「……既然Rain有這樣的覺悟，我們也只能奉陪到底了吧……Blaze這些老團員，就交給我去說服。相信只要好好談，他們也一定會懂的。」

她的聲調中有著兩種等量的感情。既有著對不確定的未來所懷抱的不安、對強大敵人的畏懼，同時也有著只有選擇抗戰的人才會擁有的決心。

Cassis Moose也帶響一身厚實的裝甲，點頭答應：

「我一直覺得這一天遲早會來……要離開領土戰鬥的這一天。雖然形式出乎我意料之外，但我也會聽從軍團長的意思。」

聽他們兩人表明心意，仁子用力點了點頭回應，將握緊拳頭的右手往前伸出：

「謝謝你們，波奇、卡西……還有Pard。無論以後狀況怎麼改變，我向你們保證，我絕對不會逃避。哪怕對手是白之王，是災禍之鎧MarkⅡ，我絕對不會做出嚇得後退這種事。我會全力奮戰到最後關頭。」

Thistle與Cassis默默走上前，把自己的拳頭往仁子小小的拳頭碰去。

——仁子，妳變堅強了。

美早在心中這麼喃喃自語，自己也靠近他們三人，把拳頭碰了上去。

轟雷空間的烏雲開出了一道小小的縫隙，從中灑下的光芒，將四個拳頭照得就像火焰般閃閃發光。

5

春雪在現實世界當中的有田家客廳醒來，一睜開眼睛，就舉起右手，連進家用伺服器網路的設定畫面。

同時在腦中把加速世界的時間換算成現實時間。Graphite Edge剛才叫他把自動斷線保險裝置的發動時間，設定在十個小時後，所以該輸入在設定視窗的時間，就是十個小時的千分之一，也就是六百分鐘＝三萬六千秒除以一千，等於三十六秒……

春雪勉強在一秒鐘內心算出答案，正要用右手把數字敲進設定畫面……

忽然間卻有一隻雪白的手臂從旁伸出，抓住了他這隻手。

「呼啊？」

春雪驚呼出聲，往右一看，就在十公分前方，有著一張小小的臉孔。

倉崎楓子平常總是面帶平靜的笑容，現在卻露出有些緊繃的表情，讓春雪倒抽一口氣。但他還來不及說話，楓子就把額頭往春雪頭上輕輕一碰，輕聲說：

「鴉同學，給我勇氣。」

「咦…………」

春雪雖然不明白她這句話是什麼意思，但仍反射性地用力反握楓子的手。這一瞬間，一種深沉的顫抖透過碰觸在一起的身體傳了過來，但隨即就聽見她堅定的嗓音：

「……謝謝你。我們上吧。」

「好……好的。」

楓子的模樣固然令他掛心，但現在沒有時間遲疑了。在這個世界每經過一秒，無限制空間裡就會經過十六分四十秒。兩人變更完自動斷線的設定後，互相點頭示意，然後同時唸出「無線超頻」指令。

視野隨著加速音效轉黑，楓子的體溫與洗髮精的香氣都消失了。

取而代之的，是一種冰冷空氣中所蘊含的凜冽樹木氣味。

春雪頭也不抬地睜開雙眼，看見Silver Crow那披著金屬裝甲的雙腳，是踏在白色的天然木材地板上。看來是春雪他們回到現實世界的空檔中，發生了變遷。

「這……是『平安京』屬性嗎……」

春雪一邊說，一邊抬頭環顧四周。

他所在的地點，當然和自動斷線前一樣，就待在禁城最深處「八神之社」前的小房間內。

然而他只看見Sky Raker站在離自己不遠處，卻並未看見Graph與Lead這對師徒檔。

儘管在意他們兩人跑去哪兒了，但加速前楓子所說的話更令他掛心，所以春雪走向Raker，戰戰兢兢地問起：

「師父……請問一下，妳怎麼了嗎……？」

結果楓子抬起低垂的面罩，輕輕搖了搖頭。

「……鴉同學，剛才很抱歉，突然對你說了奇怪的話。我是有一點……怕了。」

「怕了……師父會怕？」

春雪瞪大眼睛，楓子就用動流體金屬頭髮點了點頭。

「是啊。我……有義務把今天知道的事情，全都告訴小幸。可是……如果Graph所說的話，會帶給小幸的不是希望，而是絕望呢……？她一直想看到加速世界的盡頭，如果我們得到的消息，會擊碎她從以前就懷抱的這個夢想呢……？一想到這裡，我就突然害怕起來……」

「…………！」

聽完楓子這番話的瞬間，春雪在護目鏡下尖銳地倒抽一口氣。

今天他之所以瞞著黑雪公主，挑戰再度衝入禁城，為的是查探第七件神器「The Fluctuaing Light」。梅丹佐斷定TFL就是BRAIN BURST存在的理由，所以春雪就想查出相關的情報，告訴黑雪公主可能還有這「另一條路」存在。

在逃過朱雀的猛攻之下抵達的禁城裡，不但遇見了Trilead Tetraoxide，還遇到了Graphite

Edge，這只能認為是一種出乎意料之外的幸運。因為Graph多半是個比Lead更熟悉禁城，也對BRAIN BURST知道得更詳細的超頻連線者。

但也的確沒有任何人可以保證，Graph所提供的情報，會是春雪希望聽到的消息。也許Graph會斷定TFL並非BRAIN BURST的破關條件，又或許即使是，也絕對不可能抵達。

春雪將視線移向遠方的牆壁。

通往「八神之社」的入口，在月光屬性下是一座以銀色柵欄封住的神殿風拱門，到了平安京屬性下，則化為深紅色的鳥居牌坊與純白的注連繩。更過去的深邃黑暗另一頭，則可以看見台座上的黃金光芒微微脈動。

從注連繩到台座的距離，應該頂多只有一百公尺左右。然而事實上這段距離卻遠得無邊無際。光是要躲過一隻四神朱雀，就已經竭盡全力，要是足足跑出八隻具有同等實力的超級公敵，更是完全不覺得有可能突破。

楓子站在春雪身旁，和他一樣凝視著這團金色光芒，輕聲說道：

「……要是小幸在場，不知道她會怎麼做呢……」

春雪想了一會兒，然後回答：

「我覺得照學姊的個性，應該會先衝衝看再說……」

「然後Pile和鴉同學拚命按住她是吧？」

楓子呵呵笑了兩聲，摸了摸這條很粗的注連繩，然後退開一步。

「鴉同學，對不起我突然說起喪氣話。我已經不要緊了……無論Graph說了什麼，小幸都不可能這麼容易就死心或絕望。我的職責，就是劈開擋在她去路上的障礙並飛翔……無論那是什麼樣的天空……」

春雪也從注連繩前面退開，手指輕輕碰上楓子的左手說：

「這個……我……我也會，和師父一起飛……為了黑雪公主學姊。」

「謝謝你，鴉同學。」

楓子平靜地微微一笑，環顧這個小房間。

「不過話說回來……不知道Graph和Lead同學跑哪兒去了？」

「是啊……我們待在現實世界的時間大概是十五秒，在這裡應該只過了四小時左右……」

「鴉同學的『加速換算』也變得愈來愈快了呢。」

這句意料之外的讚美，讓春雪縮了縮脖子，忽然間注意到一件事。

「啊，對……對喔，師父請妳等一下……」

春雪集中精神，呼喚遙遠的芝公園地下迷宮之主。就在連結確立的同時，他的右肩出現了一個立體圖示終端機，輕輕地飄起。

「僕人，你可花了真多時間呢。」

大天使梅丹佐說話鬧起彆扭，讓春雪趕緊謝罪。

「抱歉抱歉，久等了。先不說這個了……梅丹佐知道Graph兄和Lead跑哪兒去了嗎？」

「我的僕人，你聽好了，在這種狀態下，一旦我和你的連結斷線，視覺情報也會在這一瞬間中斷。也就是說，我怎麼可能會知道。」

「這……這樣啊。嗯……是去吃飯了嗎……」

都說是禁城了，說不定會有超豪華的餐廳型商店……就在春雪想著這樣的念頭而再度環顧四周時……

遙遠的上方接連傳來沉重的碰撞聲，讓春雪與楓子面面相覷。

他們相視點頭，同時開始奔跑。一跳上注連繩對面的樓梯，就一步跨兩階地往上跑。

春雪在幾十秒內回到「神器廳」後，看見了一幅他始料未及的光景。

一個身高超過四公尺的灰色鎧甲武者，和一名只有三分之一大的天空色年輕武士，在廳堂正中央拿刀互砍。大武者多半是禁城的警衛公敵，小武士則無疑是Trilead Tetraoxide。

武者公敵的刀大得多半連巨大岩石都能一刀兩斷，Lead卻用一把細直刀格擋。刀與刀的接點激盪出劇烈的純白火花，照亮了昏暗的廳堂。目前Lead還勉強撐住，但兩者之間的力量與重量差距都顯而易見。這個均衡遲早會崩潰，Lead隨時都可能挨到致命的一刀。

「這……這這這……為……為為……」

為什麼會弄成這樣！我該怎麼辦才好？

春雪以沙啞嗓音說出的話裡蘊含了這樣的意味，而回答他的則是靠在以前安置神器「The Destiny」台座上的一個黑色人影。

「喔，蕾卡，Crow，歡迎回來。」

「……還說什麼歡迎回來，Graph！」

楓子尖銳地喊回去，逼問雙劍士說：

「為什麼會弄成這樣？得趕快去幫他才行！」

「別忙別忙，不用慌啦。」

Graph舉起雙手，悠哉地說下去：

「在等你們兩個的時候就發生了變遷。我和Lead都很久沒抽到『平安京』，所以就想說一邊探勘回程的路，一邊清掃公敵……」

「那，為什麼讓Lead同學一個人打！這樣不是很危險嗎！」

「不要緊不要緊，他是個在關鍵時刻會有表現的男人，畢竟是我的徒弟……」

Graph正說到這裡，一直承接公敵刀壓的Lead，發出了顯得有些難受的聲音。

「對……對不起，老師，我有點頂不住了。」

「哎呀呀……也是啦，畢竟這已經是第三隻了。嗯……那……」

Graphite Edge稍一歪頭思索後，舉起右手朝春雪一指。

「不好意思，Crow，你去幫Lead。」

「咦……咦咦！我……我上？」

「嗯。啊，可是，不可以用心念喔。」

「這個……是……可是……呃……」

春雪方寸大亂，看看Graph，又看看Lead，但狀況並未改變。不，Lead舉起的直刀，似乎正被壓得節節敗退。相信他總會有支持不住的時候。

——雖然搞不太清楚是怎麼回事，但也只能上了！

春雪先放下諸多疑問，深深吸一口氣，開始在白色的地板上奔跑。「鴉同學，加油～」楓子的加油聲從身後跟來，給了他幾分勇氣，但沒過多久，耳邊就聽到梅丹佐冷靜的說話聲。

「僕人，那個Being的武器優先度相當高，憑你的薄弱裝甲，多半無法擋住。」

「咿…………」

「只能躲開所有攻擊了。不過如果我興起，會事先警告你。」

「……麻……麻煩妳了……」

春雪哀嚎似的回答，同時瞪視前方。

Trilead背向春雪，但應該已經察覺到他接近。然而他光是架住公敵的野太刀就已經卯足全力，似乎沒有餘力回頭。春雪必須先對公敵施加攻擊，轉移公敵鎖定的目標才行。所幸透過消耗10點而重新加速，他的體力計量表已經完全恢復。

「————Lead！」

春雪喊了一聲，蹬地跳起。他從Trilead身後跳了過去，跳到將近武者公敵顏面的高度，朝那形貌駭人的面具正中央，卯足全力一記右直拳招呼上去。

「喝……呀！」

一陣強烈的反震。顯示在武者頭上那還是全滿狀態的體力計量表，微微有所減少。

而這一拳似乎就成了事實上對這名公敵的第一次攻擊，只見武者火紅燃燒的雙眼捕捉到了春雪。

「嗡————！」

武者發出奇異的咆哮，高高舉起長度多半有兩公尺的野太刀。春雪一邊確定Lead擺脫了沉重的壓力，一邊用微微累積起來的必殺技計量表，張開背上的翅膀。

「僕人，攻擊會從右邊來。」

腦海中剛迴盪過梅丹佐的說話聲，武者就將野太刀一倒，水平一刀橫掃過來。春雪本來打算往左或右跳開以閃避垂直斬，所以要不是梅丹佐發出警告，他多半已經反應不過來。

「喏哇……！」

春雪一邊發出有點糗的叫聲，一邊在空中跳起。凌厲的水平斬從他腳底下劃過，在空氣中留下蜃景似的搖曳。

春雪用右腳對一刀揮空而姿勢僵硬的公敵再補上一踢，靠著反作用力往後跳開並著地，立刻對站在左邊的Trilead呼喊：

「我來吸怪，Lead你找機會攻擊！」

「了解，Crow兄！」

他們已經有許久不曾聯手，但Lead的回答中並沒有遲疑。兩人同時蹬地而起，春雪往右，Lead則往左迂迴。不出所料，武者公敵追趕春雪，一邊轉動巨大的身軀並快速揮起野太刀。

「僕人，連續攻擊要來了！」

右肩的梅丹佐發出有些緊繃的聲音。

春雪將就是會朝野太刀刀尖窄化的視野，擴張到公敵全身，準備因應攻擊。

「嗡——！」

巨大的身軀在咆哮的同時動了起來。春雪從力量的流動與重心的變化，去感覺刀的軌道。

——的確，每一刀的威力多半非同小可……可是招式本身卻不如Mangan Blade那麼犀利！

唰唰幾聲響起，縱、縱、橫的高速三連擊破風而來。但春雪對這每一刀，都以毫釐之差躲過。說得精確一點，最後一記橫斬微微掠過他的胸部裝甲，但幾乎沒造成損傷。

緊接著武者後方閃出藍色的劍光。是Lead的刀在公敵背上砍個正著，大大削減掉體力計量表。這一刀之鋒銳，令人不禁想讚嘆不愧是神器「The Infinity」，但再這樣下去，武者又會改將Lead視為攻擊目標。

「喝呀！」

春雪大喊聲中，溜進武者內門，對裝甲較薄的膝關節送上一連串拳打腳踢。他一口氣打了五記，但造成的損傷仍然比不上Lead。得再補上個三記，不，兩記就好──

「嗡──！」

武者大吼一聲，試圖用刀柄擊打春雪。春雪趕緊彎腰，但這質量無異於大型鈍器的大團金屬掠過左肩。只是這麼一下，體力計量表就被削減了將近一成。

春雪拚命往後跳開。

「僕人，你窮追過頭了。」

梅丹佐斥責他。

「嗯……嗯，我明白。可是，要是不多造成一些損傷……」

就無法繼續吸引敵人的攻擊。春雪本來要接著這麼說，但大天使補上幾句嚴格而耐人尋味的話：

「你把Being想得太有嚴謹邏輯了。才剛誕生的他們，思考能力和我是沒得比，但他們仍然擁有可以稱之為『心靈』的東西。」

「心靈……？」

春雪一瞬間嚇了一跳，但立刻想了起來。Petit Paquet的那三個人，和一隻小獸級(Lesser)公敵熔岩色石榴石獸「小克」成了朋友，這隻公敵身上，的確就有著可以稱之為「心靈」的事物。就在春雪想通的同時，又聽見梅丹佐說下去。

「因此他們未必就會一直盯上對自己造成最大損傷的目標。」

「咦……那，他們是用什麼基準……？」

「我就是要告訴你，其實並不存在明確數值化的基準。Being就和你們一樣，會攻擊自己覺得最有威脅的對象，而這不是只看傷害量來決定的。」

這段實際上並非透過語音，而是以超高速思念進行的對話，喚醒了春雪的一段記憶。

那是一個月前，為了救出被封印在禁城南門的Ardor Maiden而展開作戰時的事情。四神朱雀就將攻擊的矛頭轉到了眼看就要逼近南門的Silver Crow身上，而非繼續攻擊持續對牠造成損傷的Black Lotus。當時春雪痛切地感受到，朱雀對於想侵犯這塊聖域的人懷抱的憤怒。

公敵——Being並非只是程式。有可能受怒氣驅使，也有可能和超頻連線者交心。就像Chocolat Puppeteer與小克那樣。又或者像是春雪與梅丹佐這樣。

那麼，只要能讓這個武者公敵覺得他比Lead更有「威脅」……

雖然不能動用心念，但仍要將想像精鍊到貼近發動心念的境界。用一句話來形容，就是「氣勢」──哪怕及不上黑之王Black Lotus與紅之王Scarlet Rain在戰場上迸發出的那種壓倒性的鬥氣，仍要提升鬥志，放下迷惘，來和敵人對峙。

沒錯──曾幾何時，春雪心中對於和公敵打鬥這件事，已經產生了一抹迷惘。是從認識「Being」梅丹佐開始？還是從為了保護小克而戰的那次開始……還是說，是從第一次看到公敵的時候就有這樣的感覺？

春雪不敢和伙伴們說起他的迷惘，對於為了賺點數而進行的獵公敵行動也積極參加，但和公敵打的時候，就是很難像跟人對戰時那麼拚命。這多半是因為，戰鬥的理由太稀薄。公敵強得可怕，只要稍一鬆懈，就會輕易被幹掉，但心中總是不免會覺得公敵只是受到系統命令才攻擊玩家，覺得似乎不應該只因為想要點數，就去攻擊他們。

春雪一邊和這多半有著巨獸級(Beast)能力值的武者公敵對峙，一邊對右肩上的梅丹佐，用思念問出了他一直想問問看的問題。

「梅丹佐。妳對於我們和Being戰鬥這回事，是怎麼想的？」

「這該由你們自己決定。」

神獸級公敵立刻這麼回答，並在一瞬間的停頓後，又補上一句：

「然而，我認為Being和你們戰鬥，是他們存在的證明。」

「存在的……證明……？」

「對。我們毫無例外，在這個世界醒來時，都只知道要和你們超頻連線者戰鬥。但也有不少Being贏得多場戰鬥而活了下來，活過了悠久的時間，找出了新的存在理由。我認為既然如此，這當中的確就有著我們戰鬥的意義。」

——戰鬥的，意義。

春雪點點頭，雙腳牢牢踏住地板，舉起雙手擺出架式。

他並非完全聽懂了梅丹佐這幾句話的意思，對於和公敵戰鬥的迷惘也並非已經完全消失。然而眼前的武者公敵，正全力想打倒春雪，那麼春雪也非得全力打倒對方不可。因為哪怕對方是公敵，這仍然是BRAIN BURST的「對戰」。

隨著各式各樣的念頭從意識中消失，世界的色調轉為藍色。這是以前也曾有過幾次的超加速感覺。

但這次除了色彩的變化之外，還可以看見公敵的重裝甲漸漸變得通透。

看得見無數在巨大身軀內流動的光點。

這是春雪第一次有這樣的體驗，但他直覺地理解到這些光點就是建構出公敵的資料。想來多半是因為自己一邊和梅丹佐連線，一邊集中精神，讓視覺與「Highest Level」微微同調。

武者本已轉身面向Trilead，這時卻似乎感覺到了些什麼，再度看了春雪一眼。面具下兩隻眼睛裡的火焰燒得紅光閃爍。

武者舉起右腳，光點漸漸聚集在這隻腳上。

「嗡啊啊啊啊啊！」

武者在呼喝聲中使出踩踏攻擊的瞬間，春雪已經跳了起來。

就在武者的腳劇烈踏上地板的同時，聚集在腳上的光——經過視覺化處理的力量，呈同心圓狀往外擴散。要是還站在地上，也許已經被衝擊震波帶得跌倒在地。但春雪好整以暇地躲開這一震之後，拿武者剛踏到地面的右腳為踏台，來了一個二段跳。再度用拳頭往多半就是弱點所在的顏面打個正著。

接下來好一會兒，都是春雪以快得令人目不暇給的動作，持續吸引武者的攻擊；Lead則抓準偶爾出現的大破綻，全力送上斬擊。

一場似乎很長，又似乎很短的戰鬥進行到最後，武者發出一聲格外劇烈的咆哮後，巨大的身體爆碎四散，緊接著春雪的超加速狀態也結束了。

春雪一陣暈眩，幾乎就要暈倒，Lead立刻以左手牢牢抓住了他的右手。

「Crow兄，你還好嗎？」

被他這麼一問，春雪勉力點了點頭。

「嗯……嗯，只是有點暈了。」

「對不起，吸怪的工作全都交給Crow兄……」

Lead過意不去地道歉，春雪抬頭朝他的面罩一瞥，不由得小聲笑了出來。

「請……請問，怎麼了嗎？」

「哈哈……抱歉抱歉。因為我沒想到你會講『吸怪』這種網路遊戲用語。」

年輕武士難為情地縮起了肩膀

「……我和Graph老師在一起的時候，就是會不由得被他傳染一些用語。」

「沒關係，我覺得這樣很好，畢竟我聽起來也比較親切。」

春雪回答完，在Lead的攙扶下站直身體，就聽到身後傳來兩人份的掌聲。

「我的兩個徒兒，你們打得相當精采呢。這樣一來，我就再也沒有什麼可以教你們……」

Graphite Edge這段唱戲班的台詞還沒說完，Sky Raker就一記拐子頂了過去。

「Graph，給我等一下，鴉同學是我的徒弟。」

「嗚……有什麼關係。只要教個一招，那就可以算是我徒弟了。」

「你又教了他什麼招？」

「哎呀……原來我什麼都還沒教過嗎……」

兩位8級玩家之間這段相當令人全身乏力的相聲，讓春雪與Lead不約而同露出苦笑，接著朝身後瞥了一眼。他對刻在地板上的激戰痕跡，短短地閉目致意。這時右肩的梅丹佐靜靜地說了：

「那個Being的靈魂，將會回到『主視覺化引擎』，相信遲早又會以不同的模樣復活，再度和你打鬥。」

「嗯……說得也是。」

春雪點點頭，和Lead並肩回到楓子他們身前。

年輕武士朝師父一鞠躬，他以雖然略顯疲憊，但仍堅毅而清澈的嗓音說：

「Graph老師，謝謝您的指導。」

「喔，辛苦啦。Lead，你對這玩意兒已經用得相當純熟了啊。」

Graph朝神器「The Infinity」一指，Lead就低頭朝左腰瞥了一眼，然後搖搖頭說：

「哪裡……我和老師還差得遠了。一旦打鬥拖久了，就會覺得刀很重……」

「那也沒辦法，畢竟它可是神器大爺啊。相信整個加速世界也沒有幾把劍會比它重了。」

「是喔……這把劍這麼重？」

春雪聽得起了興趣，開口一問，Lead就輕輕歪了歪頭，然後說：

「Crow兄，你要不要拿拿看？」

說著更不等春雪回答，就連刀帶鞘從腰間解了下來。

春雪依序看了看Lead雙手遞出的直刀，以及Lead、Graph，Raker的臉，但眾人都若無其事。

他先吞了口口水，然後戰戰兢兢地舉起雙手。

「那……那我就，不客氣了……——等等，好……好重！」

春雪剛從Lead手中接下直刀，差點就拿不住而脫手，趕緊用力站穩腳步。這把刀的確沉重。雖然他只能用主觀感覺來比較，但就是覺得比起Chrome Disaster所配備的大劍是有過之而無不及。

「原……原來你是拿著這麼重的玩意兒揮來揮去喔……呃……我可以拔出來看看嗎？」

「請請請。」

Lead笑瞇瞇地答應，所以春雪小心翼翼地用右手握住刀柄，從刀鞘中拔了出來。

這是春雪第一次從這麼近的距離端詳，The Infinity的刀身上，可以看見有直線刃紋從泛青色的鋼鐵上浮現，發出冰一般凜冽清澈的光輝。春雪成了第六代Disaster時，主要都是拿劍作戰，現在卻仍重新感受到劍作為強化外裝的沉重與那危險的鋒利，愈想愈覺得要把這樣的刀劍運用純熟，肯定不是易事。

「唔……這優先度相當高啊。」

右肩的梅丹佐也興味盎然地拍動翅膀這麼說。

「僕人，用『連禱』往這刀打打看。」

「不……不不不不行啦！萬一弄傷了這種神器我可賠不起啊！」

春雪趕緊將刀收回刀鞘，還給Lead。等Lead把刀佩掛回左腰後，才鬆了一口氣。

「拿這麼重的武器戰鬥，會累也是當然的吧。」

春雪坦白地說出自己的感想，但Lead堅定地搖了搖頭：

「不，只不過三連戰就覺得刀沉重，未免還差得遠了。」

「可……可是……像我就是一旦打累了，會連自己的手腳都覺得重……」

「看起來一點都不像這麼回事呢，Crow兄。你剛才戰鬥中的身手……實在太行雲流水，看了甚至會令人害怕。」

「咦？不，沒沒沒有這回事啦……」

這次換春雪搖頭，但連Graph都重重點了點頭。

「先前那場模擬戰對上阿綠的時候我就想過，Crow的體術，尤其是超接近戰的高速三次元格鬥能力，已經達到高等級玩家的境界了。大概是蕾卡和蘿塔教得好吧。」

「那還用說，當然也是鴉同學自己夠努力。」

聽楓子這麼一說，不習慣受人稱讚的春雪，也只能以更高速將臉往左右甩動。

「哪哪哪哪裡我還差得遠了你們過獎了啦……而且，不管是跟綠之王打的時候，還是剛才跟公敵打的時候，我都沒能打出多少損傷……」

「沒錯，問題就在這裡。」

Graph彈響手指，指向春雪說：

「像Crow這種沒有強化外裝的格鬥型對戰虛擬角色，就能比其他類型更早精熟『如何運用身體』……至少有這可能。這是對戰的基本，也是最重要的技術，可是……隨著等級上升，純粹的攻擊力就會漸漸跟不上有強化外裝的角色。也就是說，遇到像阿綠和剛才的武者公敵這種很硬的對手，也就有可能遇到就是少了一記重拳來打破對方防禦的場面……啊，我說的重拳，倒不是指拳擊的威力……」

「Graph，大家不會連這個都聽不懂啦。」

楓子讓雙劍士閉嘴後，接過話頭繼續講解：

「……我也是個沒有劍或槍的格鬥型，但和防守穩固的對手打時，都靠疾風推進器的衝刺力與『滲透打法』特殊能力彌補了攻擊力的不足。鴉同學一路走來，也是把升級獎勵都灌進強化飛行能力上，所以飛行速度和續航距離都相當出色，但關鍵時刻的瞬間推力比不上推進器，也沒有特殊的打擊用特殊能力。」

楓子指出的問題讓春雪不能不信服，低頭應了一聲「是啊……」。與武者公敵的那一戰也是一樣，要不是有Lead紮實地造成損傷，不難想像春雪的專注力遲早會撐不下去，被野太刀一刀砍個正著。

「不過話說回來，對戰這種事情也不是只靠防守就能打贏的。動作俐落的格鬥型、攻擊力強的拿劍拿槍型、防禦力強的重裝甲型，每一種型態都各有優缺，就是BRAIN BURST好玩的地方。有十個超頻連線者，就有十種正確答案。」

Graphite Edge總結到這裡，賊笑著補上幾句：

「雖然這個論點，最後卻會歸結到蘿塔這個『拿劍的格鬥型』有多扯的這一點上就是了。不過不管怎麼說，Crow，你不必那麼沮喪。你和Lead臨時湊成搭檔，卻能確實了解到自己的職責，直到最後都一直吸住那個強敵的注意力。看在我眼裡，都覺得你應對得相當好，而且要是對現在的自己有什麼不滿，只要今後透過修練或拿升級獎勵的方式來強化就好。如果出現這樣還打不贏的敵人……」

「一個人打不贏就兩個人去打，兩個人打不贏就三個人去打贏就好。因為鴉同學，你就是有這麼多靠得住的伙伴。」

Graph被楓子把最精彩的話搶去說完，不滿地搔了搔頭盔，Lead呵呵微笑，右肩的梅丹佐則拍動翅膀移動到他頭上。

「沒錯，當然也別忘了還有我這個主人在！」

為了讓打完突發性的公敵三連戰而顯得疲憊的Trilead休息，一行人再度移動到安全的樓下。

剛在有木頭地板的小房間坐下，年輕武士就細細地輕舒一口長氣。春雪心想何必連這種時候都用端正的跪坐姿勢，但看到Lead即使疲憊卻仍然端正的姿勢，就根本說不出這樣的話，而且對戰虛擬角色不管跪坐幾個小時，都不會腰痛或腳麻——照理說是不會。

「就可惜沒有茶水點心。」

對於楓子的這句評語，Graph聳了聳肩膀。

「禁城也不是沒有商店啦……可是地點完全是隨機，而且都弄得像是隱藏房間一樣。最好當作萬一不小心碰到就已經是超級幸運。」

「是喔……有賣什麼好東西嗎？」

「那當然，畢竟是『最終迷宮裡的隱藏商店』嘛。我也找到過兩三次，但第一次找到時，就差點把手上的點數全都拿去……不對，我不是要說這個。」

雙劍士和Lead正好相反，悠哉地盤腿坐著，清了清嗓子後，微微挺直腰桿說：

「不管怎麼說，蕾卡和Crow，辛苦你們重新登入了。自動斷線時間都改好了嗎？」

「是，就定在十個小時後……」

春雪一回答，他就嗯了一聲說下去：

「好，那就還有些時間可以說話啊……只是話說回來，總覺得重要的事情在斷線前就已經講出來了……」

「你在說什麼鬼話？根本什麼都還沒說到呢。」

以跪坐姿勢坐好的楓子發出拿他沒轍的聲音。

「我和鴉同學即將斷線前，你就說過，說這BRAIN BURST 2039雖然是遊戲，卻又不是遊戲……你這話是什麼意思？」

「啊～呃，這啊……」

Graph像是要找合適的話語，面罩朝上仰起好一會兒，隨後朝左側——被白色注連繩隔開的「八神之社」深處看了一眼。春雪也跟著轉動視線，就看到一團在黑暗另一頭脈動的黃金光芒映入眼簾。

「……那，雖然說來話長，但我就把我知道的事情告訴你們。」

有著「矛盾存在」外號的雙劍士Graphite Edge先加上這麼一句話，然後以一種彷彿在說童話故事的口吻，開始慢慢說起。

——很久很久以前，以一個與這加速世界十分相似的世界為舞台，發生過一場大戰。

——那場大戰，是圍繞著被關進這個世界的某種「存在」……借用梅丹佐的說法，就是圍繞著「Being」而打的。兩股勢力展開了一場漫長而激烈的爭鬥。雖然是發生在虛擬世界中的戰爭，卻流了許多血，有許多生命消逝。

——其中一方的目的，是破壞這個Being。另一方的目的，則是將Being從世界中解放出來。這場持續了多年的戰爭進行到最後，兩股勢力的領袖們，幾乎就在同時得到了虛擬世界的管理者權限……說得精確一點，是去到了能夠行使「遊戲管理者權限」的控制台。

——控制台所給予的終究只是GM權限，所以能做的事情，也就只有在系統資源上限範圍內，創造並布署物件或怪物，無法直接消滅雙方的士兵——也就是玩家，與最關鍵的那個Being。所以，目的是破壞Being的這一方領袖……就姑且稱之為「A」，他選擇了次佳的方案，打算把Being永久關在虛擬世界中。在世界的中心創造出一個巨大迷宮，把Being封印在迷宮最深處，還讓八隻最強的怪物把守。接著更讓四隻有著同等強度的怪物，來防守整個迷宮本身，將這個迷宮變成了固若金湯，不可能入侵成功的要塞。

——另一方面，晚了短短幾分鐘抵達的另一個領袖「B」，在控制台前向A挑戰，然後獲勝。但到了這個時候，A已經把自己創造出來的要塞設定完全鎖死，B無法用GM權限救出Being。

——無可奈何之下，領袖B只好和他所率領的一群玩家，試圖自力攻略要塞。然而A布署在要塞周圍的四隻守門怪物是壓倒性……不，是令人絕望地強悍，讓B派人馬連一隻都打不倒。B的伙伴們一個接著一個倒下，最後B終於也不得不放棄攻略要塞。

——所以他，決定把希望託付到未來。相信遲早有一天，會出現一群強大的戰士，強得足以打倒四隻守門怪物，入侵要塞，把八隻守護怪物也給打倒，將Being解放出來。

Graphite Edge閉上嘴後，仍有好一陣子，沒有任何人想開口。

他這番話實在太抽象，讓人很難具體想像詳細情形。他說這場戰爭是發生在用遊戲用程式來驅動的虛擬世界裡，那麼說穿了似乎單純只是多人對戰遊戲，然而Graph的口氣，卻像是在談論真正的戰爭。

即使如此，還是有幾件事可以想像。春雪先和楓子對看一眼，然後戰戰兢兢地問起：

「請問一下……你剛剛提到的『要塞』就是禁城，四隻守門怪物就是四神，被封印的Being就是最終神器The Fluctuaing Light……這樣想沒有錯吧？」

「也是，說起來的確會變成這樣啊。」

Graph點了點頭，於是春雪繼續問下去：

「這也就是說，呃，設計出禁城的人，和設計其他場地跟迷宮的人，並不是同一個人了嗎……？這就是我之所以覺得矛盾的原因……？」

「也是，說起來的確會變成這樣啊。」

雙劍士再度點了點頭。

的確，如果有著不想讓人攻略禁城的設計者「A」，和想讓人攻略成功的設計者「B」這兩派人馬，也就的確可以解釋BRAIN BURST的設計者到底想不想讓玩家攻略禁城的這個疑問。然而即使真是如此，B這一派所做的事情，會不會太兜圈子了？

「嗯……所以設計者B對於禁城以外的地方，全都可以用GM權限自由操作對吧……？那麼他就不能創造出一大堆和四神差不多強的公敵，讓這些公敵去進攻禁城嗎？再不然，不能把他們自己的能力值加強到比四神還強，然後去突破城門嗎？」

春雪把臨時想到的疑問說出口，Graph就豎起右手一根手指。

「首先，原則上怪物會攻擊的對象只有玩家。沒有辦法自由控制怪物大軍，也無法讓怪物憑自己的意思去幫助玩家。也許有辦法用特殊手段，控制極少數怪物，但這樣根本打不贏四神啊……」

這幾句話讓春雪想到，過去曾被強化外裝之力馴服的梅丹佐會有何反應，於是朝右肩看了一眼，但立體圖示仍然保持沉默。

「接著是強化玩家這一招，這也是有限度的。你聽好了，設計者A，是把程式允許範圍內最強的怪物，也就是公敵，布署下去作為禁城的守門人。然後身為玩家的超頻連線者，也一樣只能強化到程式所允許的能力值上限。」

「所以這個上限就是10級……是嗎？」

但Graph並未立刻回答楓子的問題。他仍然盤腿坐在地上，雙手環抱胸前，上身前傾沉吟著。

「問題就在這裡啊……我認為，本來程式的上限說不定是9級。」

「這話怎麼說？」

「嗯～實在不太好說明啊……」

雙劍士用雙手比出籠罩一個球體似的手勢。

「超頻點數的總量也是有上限的，所以既無法無限增加超頻連線者，也沒有辦法讓所有超頻連線者都升到高等級。一般的，也就是透過消耗點數來升級的方法，所能達到的最高等級9級，可能就是和這種資源上限有關。可是……即使升上9級，要打倒四神終究是痴人說夢。就算把心念瘋狂用到極限，頂多也只能暫時癱瘓他們吧……」

Graph這番話，讓春雪想起了先前和黑雪公主與楓子等人，一起和四神朱雀交手時的場面。當時他們把朱雀拖到了身上火焰全部消失的超高空，還把黑之王的第二階段心念攻擊「星光連流擊」全部砍個正著，卻仍然未能打倒朱雀。

楓子似乎也想起了同一段記憶，微微顫抖著說：

「的確……就算我再升個一級，也不覺得有辦法打倒四神。那……這10級就是為了超越系統的極限，用來和四神戰鬥的……」

「不知道。畢竟我知道的就只有過去一些有限的情報，對於現在的加速世界，也只能從過去的情報來推測啊——只是那個一戰定生死規則……9級玩家輸給9級玩家就會立刻點數全失，而且不這樣讓五個人點數全失就升不上10級，以遊戲來說，這個條件嚴苛得反常。即使是為了給予超越系統限制的力量而設的規則，也沒什麼好不可思議的……還是說，這是在考驗我們……？」

Graphite Edge說到後來，變得有點像是自言自語，忽然卻注意到什麼似的抬起頭來，看了春雪一眼。

「Crow，看你的表情，似乎覺得不信服啊。」

聽他這麼一說，春雪反射性地用雙手去摸臉。一邊納悶Silver Crow的面罩是鏡面護目鏡，完全看不見裡頭，他是怎麼看出表情，一邊點了點頭。

「是……照你這樣說來，就變得好像BRAIN BURST的主要目的不是對戰，是獵公敵……」

「也對，但這是沒辦法的。因為超頻連線者存在的理由，不是打贏其他超頻連線者，而是要去到被封印在禁城中心的ＴＦＬ……而要達到這個目的，就得打倒最強公敵四神與八神。」

「那麼，為什麼BRAIN BURST會做成『對戰格鬥遊戲』？」

春雪忍不住握緊拳頭這麼呼喊，但Graph只輕輕聳了聳肩膀。

「不知道……設計者B為了攻略禁城……不，是為了讓人攻略禁城，做了三種嘗試。那就是試作第1號的ACCEL ASSAULT、試作第2號的BRAIN BURST、試作第3號的COSMOS CORRUPT。聽說ＡＡ是以玩家間對戰為主的高速射擊遊戲，ＣＣ是以對公敵戰為主的砍殺劫掠式遊戲。如果三個遊戲的目的，全都是解放『The Fluctuaing Light』，那麼CC本來應該最接近這個目的……可是AA和CC都老早就關掉了，剩下的只有這款BB。我認為這不是巧合。即使先扣掉阿綠的付出也一樣。」

「過剩的鬥爭……還有過剩的融合。白之王說過這就是AA世界和CC世界之所以滅亡的理由。」

Graph對楓子這幾句話哼了一聲。

「她的發言大部分都是為了操縱別人而說的，最好別當真——不管怎麼說，我所知道有關『The Fluctuaing Light』的事情，都全部告訴你們了。蘿塔那邊就麻煩你們兩位幫忙轉告。」

雙劍士說著正要站起，楓子就對他投出尖銳的質問：

「慢著，最重要的事情我還沒問呢……到頭來，The Fluctuaing Light到底是什麼？這不只是遊戲內的物品吧……剛才你所說的『Being』是什麼意思？」

「很遺憾，這我也不知道。」

Graph雙手一攤回答。

「畢竟我也不是直接經歷過剛才說過的那場很久很久以前的虛擬戰爭啊……要想知道更多，那真的就只能升上10級，去問設計者了。」

若是如此，那麼Graph先前所說的那些，又是從誰口中聽來的呢？春雪心中產生了這個疑問，但總覺得就算問了，他也不會回答。

「這個……最後可以再問一個問題嗎？」

春雪跟著Graph站起一邊開口。他朝注連繩的另一頭瞥了一眼，然後再度看向Graph。

「好，只要是我回答得了的問題。」

「只是推測也沒關係——如果有人突破這『八神之社』，抵達The Fluctuaing Light的所在，把它從封印中解放出來……這BRAIN BURST會變成怎樣？」

「……不好意思，這我同樣只能回答『不知道』……——只是，有一件事我可以肯定……那就是我覺得，到時候將會發生讓整個世界改變的事情。」

「讓世界……改變？你是指加速世界會發生重大的改變嗎？」

「不對，不是這樣。」

Graph散發出笑得剽悍的氣勢——

「是現實世界。那團光芒裡，蘊含了能讓你們的現實改變的震撼力……我是這麼相信。」

然後斷定地說完，凝視在黑暗另一頭搖曳的金色光芒。

已經起身的春雪、楓子、Lead，以及梅丹佐，也都默默凝視著最後的神器好一會兒。

這團光靜靜地，卻實實在在地在呼吸。怎麼看都不會認為這只是一項物品，會覺得是有著某種意志的事物，正以不成話語的聲音呼喚他們。

「如果………」

春雪不知不覺間，對雙劍士問出了這個問題。

「如果在場的我們所有人一起挑戰，有沒有辦法去到那團光的所在？」

他立刻得到了答案。

「辦不到。」

雖然就只有這麼一句話，卻也因此有著無以估計的分量。春雪慢慢點點頭，閉上了眼睛。

——現在還有其他該做的事情要做。等到該朝那團光芒前進而奮戰的時候，我就要跟黑雪公主學姊一起，再次來到這裡。

春雪將這份決心深深烙印在胸中，抬起了頭。今天，來到這個地方，他得到了很大的收穫。現在這樣就夠了。

再次打破沉默的，是Graph那漫不在乎的嗓音。

「好啦，Lead，讓你久等啦。接下來你就是主角了……可要加油啊。」

聽完他的發言，Lead默默點點頭，春雪睜大眼睛，連連眨眼。

「咦……這是怎麼……？」

黑衣雙劍士聽了後，伸出右手大拇指，若無其事地說出了更驚人的話。

「那還用說？Lead要離開這禁城……和你們一起離開。」

6

「那，師父，今天真的很謝謝妳。」

春雪一路送到玄關，對楓子一鞠躬，她就笑著搖了搖頭。

「哪裡，我也有了很棒的經驗，我才要謝謝你帶我去呢，鴉同學。」

楓子發出微微的馬達聲，穿上鞋子，手伸向門把。但她又放開手，轉過身來，露出認真的表情。

「……只是……我要好好接受今天知道的事情，多半還得花上一些時間。鴉同學……你打算幾時告訴小幸？」

「啊，是……我是打算可以的話，就在今天之內……」

「這樣啊……嗯，這樣比較好。那，不好意思，最先轉告的工作，可以交給你嗎？」

「好的，當然沒問題。」

春雪點點頭後，楓子終於推開了玄關的門。在染成晚霞色的天空背景下輕輕行了個禮說：

「那，今天我就失陪了，辛苦了。」

「好了，師父辛苦了！」

楓子面帶笑容揮揮手，身影消失在門後，春雪就輕輕呼出一口氣。

時間是下午五點二十五分。從他和楓子一起連進無限制中立空間算來，還不到三十分鐘。但春雪的主觀感受，卻是已經在另一個世界過了十個小時以上，所以有著幾分疲勞感。畢竟那是一場來回共兩次逃過朱雀猛攻的大冒險。

春雪回到客廳，收拾完兩人份的玻璃杯後，重重坐到沙發上，讓身體就這麼陷了進去。

「呼啊啊啊……總覺得，朱雀的起始仇恨值愈來愈高了……」

春雪一邊喃喃自語，一邊舉起右手，掐指計算。他第一次遇到四神朱雀，是在一個月前，進行Ardor Maiden救出作戰的去路上。之後的回程，以及今天的去程與回程，這樣算來已經足足四次突破了南門大橋，但他切身感受到每次朱雀的怒氣都更為旺盛。

尤其第四次，也就是這次的逃脫時，更演變成了一場比起第二次是有過之而無不及的激戰。他們以春雪和楓子前後包夾Lead的隊形，從南門衝了出去，但朱雀的湧出又快了一拍，逼得他們必須一邊以三人的心念來抵擋從正面噴來的烈火，一邊往前突破。

要不是有Lead那將水平舉起的劍化為巨大鏡面盾牌的「真經津鏡（Genuine Speculer）」防禦心念（註：真經津鏡為八咫鏡的別名），以及留在南門內側的Graph以二刀不斷連發「奪命擊」掩護，相信根本就不可能突破。只是Lead又說要不是有Silver Crow與Sky Raker的飛行速度，一定逃脫不了，而且等到好不容易逃到櫻田大道時，三個人的體力計量表都已經扣到變成深紅色，所以要是再來一次，下次也很有可能真的會全軍覆沒。

「……第五次可就不能只是通過，得好好攻略才行了啊……」

春雪喃喃自語，坐起上身，重新提振精神。這次事出突然的禁城侵入作戰，雖然將陪同的楓子都一起牽連進危險當中，但得到的收穫也很重大。

加速世界創立的緣由，以及The Fluctuaing Light存在的理由。

還有一件事——就是得到了意料之外的可靠伙伴——

——謝謝你，Lead……還有Graph兄。

春雪朝東方一低頭，然後站了起來。他必須先聯絡黑雪公主，把得到的情報全部告訴她。

就在他操作起虛擬桌面，正要叫出郵件軟體時——

「嗚哇！」

收到信件的提示圖示突然在眼前亮起，讓春雪嚇了一跳，又倒回沙發上。他趕緊開啟信件，看到內文只有「三秒後到你家！」這七個字。尚未查看寄件人名義，接著就響起了有告知客人來訪的門鈴聲。

「…………」

春雪臉上仍然掛著尷尬的表情，趕往短短幾分鐘前才剛送走楓子的玄關。他開了鎖，打開門一看——

「安安啊————！」

就有個紅色的人影在這聲活力充沛的喊聲中跳了過來，朝春雪的側腹部就是一拳。

「嗚……為……為什麼劈頭就是一記跨步重拳……」

「這是表示親暱的招呼and灌注了憤怒與悲傷的制裁！」

喊出這句話的，是個身穿紅色T恤與短褲的少女——軍團「日珥」的首領，紅之王Scarlet Rain，也就是上月由仁子。

「憤……憤怒與悲傷……？」

仁子在玄關階梯上站得威風凜凜，朝反問的春雪白了一眼。

「沒錯。誰叫你上次星期天不帶我去澀谷。」

「那……那天是要跟長城交涉……」

「而且你超晚才把這交涉的結果告訴我。」

「這……這是因為發生了很多意料之外的事情……」

「算了，就用剛剛肚子上那一拳扯平吧。」

就在仁子鼓起的臉上笑逐顏開的這個時間點上，半開的門後出陷了一個修長的人影。身穿騎士衣的Blood Leopard，也就是Pard小姐「Hi」的一聲打了招呼，春雪也一鞠躬回禮。

「午安，Pard小姐……妳們怎麼突然跑來？」

「SRY，因為有急事想跟你們商量。」

「沒錯沒錯，打擾啦～」

仁子踩著當自己家似的腳步走向客廳，於是春雪也趕緊跟了過去。

春雪請兩人在沙發上坐下，把冷泡茶倒進才剛洗過的玻璃杯。他喝了一口自己的茶，總算讓心情鎮定了點之後，對坐在正對面的仁子問起：

「那……妳們說想商量的，是什麼事？」

「呃～關於這件事啊……」

仁子似乎口渴了，一口氣喝乾了冷泡綠茶，然後將她纖細的手指指向客廳的地板說：

「你能不能叫黑雪來這裡？」

「咦？叫學姊來……？」

這個要求出乎他意料，但春雪本來就正打算和黑雪公主聯絡。

「呃……那，我發個郵件看看。」

春雪重新啟動剛才正要執行的郵件軟體，迅速打好訊息送出，結果立刻就有了回應。黑雪公主似乎正要離開學校，回答說十分鐘就會到。

門鈴實際響起，是在八分鐘後。

黑雪公主跟著出來迎接的春雪踏進客廳後，朝坐在沙發上的仁子與Pard小姐看了一眼……

「哦哦～？」

發出了夾帶多種言外之意的聲音。

她將視線移到春雪身上，露出雖然算不上極凍——卻也十分冰涼的笑容。

「春雪，這是什麼樣的狀況呢？」

「沒……沒有，這個……？啊，到……到剛剛楓子師父也還在……」

「哦哦哦～？」

「這……這個，可是仁子和Pard小姐似乎是為了別的事情……」

「哦哦哦哦～？」

黑雪公主的微笑變得更加笑瞇瞇時，沙發傳來了說話的聲音。

「喂，黑色的，妳先坐下再說啦。」

「紅色的，這裡又不是妳家！」

黑雪公主猛一轉身，一口氣喊完這句話，才踩著重重的腳步，用力在仁子身旁坐下。

春雪悄悄鬆一口氣，走到廚房去，準備好新的玻璃杯與瓶裝冷泡茶，以及作為茶點的一大盤餅乾，再回到客廳。他倒好黑雪公主的份，又幫仁子與Pard小姐的杯子倒滿，然後自己也坐到沙發上。

「這個，學姊，不好意思，突然找妳過來……」

春雪鄭重道歉，黑雪公主才總算露出往常的笑容。

「哪裡……我也有很多話想跟你說。不過我們還是先問問仁子有什麼事吧。妳說要商量的到底是什麼事？」

「啊～」

仁子正咬著焦糖香蕉餅乾，先用茶潤了潤嘴裡，然後以完全不當一回事的口氣說：

「其實啊，我是想讓日珥和黑暗星雲合併。」

「…………………………」

春雪與黑雪公主先沉默了足足五秒鐘以上——

「什……什麼——！」

「啥……啥啊——！」

才異口同聲地大喊，同時震驚得上身後仰。

五分鐘後。

黑雪公主聽完仁子這番不時有Pard小姐補充說明的講解後，默默吃完了一塊肉桂杏仁餅乾，才喃喃說出一句話：

「原來如此啊。」

「咦，學姊……就這樣？」

「嗯……春雪你反對嗎？」

「不……不是，我完全沒有這個意思，可是……該怎麼說，事情太重大，讓我一時間不知道該怎麼看待……而且，在問我之前……」

春雪轉過頭去，朝正對面的仁子問起：

「……仁子真的覺得這樣沒關係嗎？要是跟黑暗星雲合併，就會變得比以前更加和其他王的軍團敵對……」

「這些我都已經和Pard徹底討論過，才做出這個決定的。」

仁子先朝身旁的Pard小姐瞥了一眼，然後繼續發言：

「我想和加速研究社……想和白之團打，而且要跟他們打，就非得和黑暗星雲共同進行領土戰爭不可。不對……不是為了這種系統上的理由，我就是想跟你們並肩作戰。仔細想想，半年前第一次和你們一起對付第五代Chrome Disaster……Cherry Rook的那次，也是研究社在幕後指使。這場和他們之間的戰爭，我希望能參加到最後，好好做個了斷。因為如果不這麼做，不管是我，還是軍團團員，都沒有辦法往前走。」

這番話裡有著非常有仁子風格的熱意，也有著等量的冷靜，令人看出她的長進。

黑雪公主閉上眼睛良久，緩緩點了點頭，然後抬頭說：

「……從聽說仁子打算進梅鄉國中以來，我就料到這樣的未來或許是有可能成真的。可是……妳這個決定下得比我預料中更快。老實說，我真嚇了一跳。」

「我……我可不是想讓軍團合併，才說要去讀梅鄉國中。這是兩碼子事。」

仁子有點難為情似的搶著這麼回答，黑雪公主對她露出淡淡的微笑，說道：

「嗯……我知道。不管怎麼說，妳有這個覺悟，我也就非得好好回應不可啊……」

黑雪公主坐在沙發上，身體往左轉，腰桿挺得筆直，發出堅毅的嗓音說：

「仁子……不，日珥首領Scatlet Rain，我黑暗星雲首領Black Lotus，接受妳提出的軍團合併提議。合併的各種條件，就召集雙方幹部擇日再詳細協議。今後我們就是並肩作戰的伙伴，還請多多指教。」

她流暢地說到這裡，以優美的動作伸出右手。

「…………」

仁子一瞬間瞪大眼睛，隨即啪的一聲用力握住黑雪公主的手，以同樣堅毅的聲調回答：

「我才要請妳多多指教。」

看到兩人的手強而有力地交握——

春雪突然覺得一股胸中熱流上衝，趕緊眨了眨雙眼。

軍團合併這回事，說起來很重大，但黑暗星雲與日珥之間，早已長期訂立停戰協定。他們

和仁子以及Pard小姐並肩作戰的次數多得數不清，而且這樣也許只是把過往的合作體制更進一步而已。追根究柢，可以說要不是有加速研究社這個共同的敵人存在，這次合併本來是不會實現的。

但現下這一刻，的確是奇蹟成真的瞬間。

黑雪公主曾說自己的對戰虛擬角色「醜惡到了極點」，說連用來牽住別人的手都沒有。

仁子曾說自己的對戰虛擬角色是「刺蝟的刺」，是把世界推開的渴望所塑造出來的樣貌。

這樣的兩個人，歷經許多的衝突，孕育出友情與信賴，現在終於雙手互握。

——我絕對不會忘記這幅光景。無論將來整個軍團……不，哪怕整個加速世界，BRAIN BURST產生什麼樣的改變。

春雪下定這樣的決心，最後再度用力閉上雙眼，忽然間朝坐在右側的Pard小姐看了一眼。

結果他不小心目擊到平常總是一副酷樣的「血腥小貓（Bloody Kitty）」正偷偷擦去眼角的淚水，不由得嘴角莞爾。

Pard小姐注意到春雪的表情，輕輕瞪了他一眼，就在這時——

「噢，為防萬一，我話先說在前面。就算我們成了同一個軍團，春雪終究是我的『下輩』和徒弟，妳不要隨隨便便就找上他家門來。」

「啥？啥——？」

仁子一掌拍開黑雪公主的手，大聲反駁：

「這個家不是黑暗星雲的作戰室嗎？這也就表示，等到合併以後，這裡同時也會是我的作戰室，不是嗎？反而應該變成隨時都可以自由進出才對吧。」

「別……別說傻話了！除非事先經過我批准，不然禁止使用！」

……話說，這裡，是我家耶……

春雪一句話湧到喉頭卻說不出，只能讓一張嘴開開閉閉。

由雙方幹部共同進行的具體協議定在明天，也就是七月十九日，星期五的傍晚。

而軍團所有團員的見面典禮與合併典禮，則定在二十日，星期六的下午——也就是領土戰爭開打前一刻。決定完這些行程後，關於合併的話題就暫且告一段落。

後天的領土戰爭，同時也將是與白之團的決戰，所以總不免有些倉促。但進攻港區第三戰區的作戰計畫，萬萬不能洩漏給震盪宇宙方面知道。雖然不是懷疑日珥這邊會洩漏情報，但畢竟日珥的人數是壓倒性地多，所以通告全部團員這件事，應該等到作戰發動的前一刻才說——這是仁子的提議。

然而相對的，日珥的團員幾乎全都不能派去參加港區第三戰區的進攻團隊。說來理所當然，和黑雪公主同樣9級的仁子也不能參加，所以從日珥這邊派遣的援軍，多半只會有包括Pard小姐在內的兩三個人。

當然這樣仍然非常靠得住，而且杉並戰區的防衛也可以請求日珥的團員支援，所以非常令人感激，但進攻團隊人數不足的問題仍未得到解決。可以預估震盪宇宙的防衛團隊至少會有十二人，多的話甚至二十人都有可能。相較之下，進攻團隊則是由楓子帶頭，加上謠、晶、拓武、千百合與春雪這六個人，加上日珥來的幫手也只有九個人。雖然真到緊要關頭，是可以把前Petit Paquet的三個人也派上場，但這樣一來，杉並就會只剩黑雪公主一個人防守，這樣也讓人有另一種不放心。

——還是希望能再多三個人左右啊……可是又已經想不到還有誰可以來幫忙了……

春雪一邊屈指計算成員，一邊在心中自言自語發著牢騷，忽然想起短短幾十分鐘前的那場大冒險，用力握緊了右手。

——不對，搞不好有辦法多一個人……但這得等對方主動聯絡啦……要是這人肯加入，那就真的是超級靠得住了……

「——雪。春雪。」

春雪發現自己的名字被叫到，趕緊抬起頭應聲：

「啊，好……好的！請問是還要餅乾嗎？」

「……我倒是自認自己的形象沒那麼貪吃啊……」

黑雪公主苦笑了一會兒，揮手制止正要起身的春雪，輕輕歪了歪頭說：

「對了，你剛剛是不是說楓子來過？她找你有什麼事？」

「啊……對……對喔，這件事我要跟學姊報……」

春雪說到這裡，視線往右一轉。

正咬著夏威夷豆巧克力餅乾的仁子，以及正咬著椰子檸檬餅乾的Pard小姐，都對看了過來，讓春雪不由得表情變得有些生硬，思索了一會兒。

Graphite Edge所告知的情報，可以讓她們兩位也知道嗎？

——不，應該沒問題吧。畢竟以後我們就會是同一個軍團的伙伴——而且也曾經並肩對抗過四神青龍……

「你一臉什麼怪表情？是想要我咬過的餅乾嗎？」

「才……才才才不是！」

春雪急忙否定仁子的話，先清了清嗓子，然後切入正題：

「這個，其實……我今天，去了一趟禁城……」

這句話一出口——

「你……你說什麼！」黑雪公主大喊。

「禁……禁城！」仁子大吼。

「OMG（我的天啊）。」Pard小姐則喃喃自語。

當春雪把儲存在腦內記憶體當中的「加速世界的祕密」一五一十地說完，時間已經來到下午六點四十分。

南方的天空染成紫色，即將西沉的夕陽在室內照出了強烈的對比。反射在木頭地板上的西陽，被吸進黑雪公主她們的眼睛，發出寶石般的光輝。

這閃亮的光輝，說不定是發自她們的內在。春雪閉上嘴之後，她們三人仍然沉默良久，但春雪感覺得出她們腦子裡正各自以猛烈的勢頭在思索。

當設定成自動的天花板內建空調開始運作，發出輕微的驅動聲時，黑雪公主全身一震。她拉起先前低垂的視線，從正面看著春雪，嘴唇小小顫動了兩三次，才總算發出沙啞的嗓音：

「The Fluctuaing Light……」

她緩緩呼出一口氣，然後微微加大音量。

「春雪，有一句話我先跟你說清楚。」

「好……好的。」

春雪不由得立正站好，黑雪公主輕盈地對他一低頭，說道：

「——謝謝你。你是為了我，才會進行這麼一場大冒險吧……——可是，下次你要事先跟我說一聲。你像這樣逞強，已經是第幾次了？」

這番誠懇的謝辭與嘮叨，讓春雪默默地連連點頭。

看到他這樣，黑雪公主嘴角一緩，但立刻又鄭重表情，發出正經的聲音說：

「抵達最終神器『搖光』的所在，就是BRAIN BURST的最終目的，也是我們超頻連線者存在的理由……Graphite Edge就是這麼說的，沒錯吧？」

「是，千真萬確。」

「這樣啊……也就是說，讓以前的黑暗星雲瓦解的禁城攻略作戰……目標本身並沒有錯了……是吧……」

黑雪公主背靠到沙發上，用瞇起的眼睛，隔著玻璃窗仰望傍晚的天空。

黑雪公主再度陷入沉默後，改由Pard小姐開口：

「設計者……有兩個。」

仁子沉吟著接過這短短的一句話。

「唔……設計出禁城的傢伙，跟設計了其他所有成分的傢伙，是不同的人……所以那座城堡才會這麼徹底拒絕我們啊……」

「嗯……可是，設計出禁城的設計者A，被設計者B打倒了……Graph兄是這麼說的，所以現在BRAIN BURST的設計者，事實上只有B一個人，我是這麼想啦……」

春雪這麼一回答，仁子就把眉頭皺得更深了。

「這所謂『被打倒』也說得很含糊啊。他所謂很久以前的戰爭，不就是發生在虛擬世界的嗎？也就是說，Ａ單純只是ＨＰ被打光，登出了而已……是像BRAIN BURST這樣連記憶都消失了？還是真的在現實世界死了？」

仁子的疑問很有道理，但春雪也只能歪頭納悶。

「呃……不，這我沒問那麼多……」

「真要說起來，他所謂虛擬世界的戰爭又是怎麼回事？在這戰爭裡爭奪的『Being』，具體來說又是什麼樣的東西？」

「啊……抱歉，這我也不太清楚……」

「唔哇～有夠不痛快的啦！」

仁子把不知道什麼時候已經脫掉襪子的纖細雙腿邊啊邊的，喊出這麼一句話。

「喂，春雪，你馬上把這個叫Graphite Edge的傢伙給叫來！」

「辦……辦不到啦！我又不知道怎麼聯絡他……」

「啥？他以前不是黑暗星雲的『四大元素』嗎？你們卻連郵件位址都沒交換嗎？」

「啊，不，我的是已經告訴了他……可是他不肯把他的告訴我……」

「唔啊啊啊啊！這樣可沒辦法在我的新軍團裡待下去啊！」

仁子手腳擺動得更加劇烈，先前一直默默思索的黑雪公主，這時卻一把抓住她綁起的頭髮。

「喂，『我的新軍團』這句話我可不能當作沒聽見。」

「現在這些事情根本不重要吧！這點小語病，聽過就算了好不好！」

仁子嘴上嚷嚷，但似乎總算成功冷卻下來，輕輕呼出一口氣，雙手攏在後腦勺上，整個人往後仰。

「嗯……嗯嗯～…………總覺得好像聽了十個答案，卻多了一百個疑問啊……而且……說起來這個叫作Graphite Edge的傢伙，為什麼知道這種事情？」

春雪對這個問題同樣無話可答。他將視線轉向仁子身旁的黑雪公主，身為Graph徒弟的她就露出了苦笑。

「不好意思，我對他的了解也很少。畢竟我也沒在現實世界見過他。可以肯定的，也就只有他是Originator這點吧……」

「Originator……」

春雪一邊複誦，一邊思索。

Originator，就是一群被稱為「最初的百人」，沒有上輩的超頻連線者。他們是在二〇三九年，直接從設計者手中取得BRAIN BURST程式，塑造出了加速世界的原型。

「……這也就是說，Originator，全都知道Graphite Edge知道的事情嗎……？」

仁子維持蹺腳的姿勢這麼一問，黑雪公主就輕輕搖頭。

「不，應該不是這樣。如果這些情報有多達一百個超頻連線者知道，應該已經傳得更開了。畢竟在早期的加速世界裡，複製安裝的人數沒有上限啊……」

「而且一旦收了『下輩』，當然應該也會說到遊戲的破關條件。這麼說來，Graphite果然是有著某些祕密嗎……」

「呃，關於這件事啊，仁子。」

黑雪公主清了清嗓子。

「由我來說這話是有點怪，但針對Graph去多方推想，可是在浪費腦力跟時間。他只出現在他想出現的地方，只說他想說的話，只跟他想打的對手打。我想Graph之所以挑上春雪來轉達這次這些情報，是因為他是整個黑暗星雲當中最會老老實實聽他說話的一個……大概吧。」

「老……老實……請問這話怎麼說？」

春雪不由得納悶這是不是在誇獎他，於是問了出來，黑雪公主就若無其事地回答：

「意思就是說你只會聽得很佩服，不會反問一大堆問題。」

……這應該不是在誇我吧？春雪還來不及為此沮喪，黑雪公主就又說了下去：

「他的意圖，多半是透過春雪，只把『The Fluctuaing Light就是BRAIN BURST破關條件』這件事告訴我吧。也就是說，Graph也許是想阻止我一頭熱地追求升上10級……」

「…………！」

春雪不由得倒抽一口氣。

升上10級，正是黑雪公主賭上超頻連線者生命所追求的最終目標。

在她把BRAIN BURST給了春雪的翌日，在高圓寺一間咖啡館裡所說過的話，春雪仍記得清清楚楚。

——因為我有一件事遠比友情或名譽更加優先……那就是升到第10級，甚至可以說我活著就只是為了這個目的。

—我想知道，無論如何都想知道。想知道有沒有更……更遠大的目標……讓我們可以擺脫……人類這個皮囊……更往外側去……

「…………學姊。」

春雪以沙啞的嗓音，對他的劍之主問起：

「如果……Graph兄說得沒有錯，10級只是途中的一站……BRAIN BURST的最終目的是禁城的『The Fluctuaing Light』，學姊，會不再追求升上10級嗎……？」

連春雪自己，也不知道自己希望得到哪一個答案。

追求升上10級的路，是一條血腥的霸道。非得讓四名同樣9級的玩家點數全失不可，自己也有可能在這個過程中點數全失。一想到黑雪公主將招來無數人的憤怒與怨恨，就讓他滿心愁苦，對於萬一黑雪公主反而落敗的情形，更是連想都不願意去想。

但他又覺得，不想看到黑雪公主因為危險或沒有必要這類的合理判斷，就放棄先前拚命追求的目標。她在劍上蘊含了近乎瘋狂的熱情，劈開所有障礙前進的模樣，就是讓春雪莫可奈何地受到吸引，而其他團員多半也是一樣。

春雪懷著兩種相反的感情，雙手在胸前緊緊交握——

黑雪公主面向他，先眨了眨眼，然後很乾脆地回答：

「怎麼可能。不管BRAIN BURST誕生的理由是什麼，我都絲毫不打算停在9級。」

「是……是這樣啊。」

春雪正煩惱著該不該鬆一口氣，黑雪公主就露出剽悍的笑容。

「升上9級時收到的系統訊息，是設計者寄出的挑戰書……我對BRAIN BURST被創造出來的理由的確有興趣，也想知道The Fluctuating Light到底是什麼，也有著純粹想把這款遊戲玩到破關的欲求。可是，更重要的是，我想見到設計者，直接問……不，是要設計者給個交代。問這個人說BRAIN BURST到底是什麼……而這個人又是有什麼想法，才做出這樣的東西……」

黑雪公主一邊說，一邊把舉起的右手五指又開又合。看到她這樣——

仁子忽然低聲笑了幾聲。

「黑雪，說穿了還不簡單。你就是想和設計者打一場吧？」

她這話一出口，黑雪公主露出被她猜個出其不意的表情，接著同樣短短一笑：

「嗯……也許真是這樣。如果能把自從成了超頻連線者以來，嚐到的種種滋味，全都奉還給設計者，想必會非常痛快啊。」

「到時候算我一份。妳砍完以後，我會幫妳把這傢伙轟成焦炭。」

兩個王以天真的表情說完這段聳動的對話後，豁達地相視大笑。Pard小姐也難得嘴角一緩跟著笑了笑，春雪卻在笑的同時，不由得冒起了冷汗。

後來他們四個人一起前往地上樓層的購物中心買東西，一起做了晚餐。由於仁子和黑雪公主的顏色分別是紅&黑，他們就以這個理由決定菜單是「灑滿黑芝麻的涼擔擔麵」。儘管覺得菜單對於這個陣容來說有點挑戰性，Pard小姐卻發揮了意想不到的主廚本色，做出的成品與他們拿來參考的食譜網站照片一模一樣。

餐桌上主要的話題，是預計在八月上旬進行的山形旅行，他們在餐桌上開了滿滿的投影視窗，熱鬧地討論著「我們去這邊玩」、「我想看那個」等等，不但聊得非常開心，黑芝麻涼擔擔麵也好吃得令人嚇一跳，時間轉眼間就過去了。

春雪一路送到環狀七號線步道，送走了要騎機車回去的仁子與Pard小姐，以及搭計程車回去的黑雪公主後，無心立刻回到空無一人的家裡，於是從自動販賣機買了飲料，就在設置於購物中心一樓街廊的長椅坐下。

到了晚上八點，提著形形色色紙袋的購物人潮，與歸宅的大廈住戶，在寬廣的街廊上來來往往。

春雪茫然看著這樣的光景，Graphite Edge所說的話就彷彿從遠方迴盪到耳邊。是春雪問起The Fluctuaing Light被解放出去之後會怎麼樣時，他所做出的回答。

——只是，有一件事我可以肯定……那就是我覺得，到時候將會發生讓整個世界改變的事情。

現實世界會改變，是什麼意思呢？

是會有像BRAIN BURST程式一樣，超越現在，也就是二〇四七年水準的科技公諸於世？還是說，與BB有著密切關係的公共攝影機網路將會發生什麼改變……？

春雪坐在長椅上，頭往後仰，看著屋頂下一個幾乎就設置在他正上方的黑色球體。這具公共攝影機外殼內的紅色指示燈慢慢閃爍，就好像是大型公敵的眼球。

仔細想想，公共攝影機網路是這個國家最重要的保全基礎建設，為什麼BRAIN BURST能這樣輕而易舉地入侵呢？這點Graphite Edge也並未說明。Graph所提供的情報，黑雪公主多半會拿來和軍團合併的案件一起寫成文件，發給軍團團員，所以憑拓武的頭腦，應該能從裡頭發現各種線索。反而可以說，如果聽Graph說話的人是拓武，肯定不會「只是老實地覺得佩服」……

春雪一邊想著這樣的念頭，一邊繼續看著這黑色的攝影機，結果——

「……小春，你在這種地方做什麼呀？」

站在長椅前面的，正是肩上掛著竹刀袋，身穿制服的兒時玩伴——黛拓武。

「啊，阿拓，你回來啦。」

春雪趕緊想站起，但拓武伸出一隻手制止，自己來到他右邊坐下。他把竹刀袋從肩上解下，喘了一口氣。

「嗯，我回來了……啊～今天的練習可真累人啊……我已經不想再站起來了……」

「哈哈，你竟然會練到沒力，訓練一定很劇烈吧。啊，這個給你。」

春雪把買來之後連瓶蓋都還沒開的保特瓶裝南非茶遞過去。拓武似乎真的很渴，老實說聲「謝謝」就接過去轉開瓶蓋，一口氣喝了足足半瓶左右。

「呼～活過來了……不好意思啊，喝了你的飲料。」

「NP……都立大賽，覺得贏得了嗎？」

「哈哈，這得試過才知道啊。不過既然要參加，當然希望個人戰和團體戰都奪冠……即使做不到，至少也希望搶下全國大賽的出場資格，而且……」

拓武說到這裡先頓了頓，雙手握住保特瓶。

「而且？」

「嗯，沒有……說出口就有點不好意思，不過我是覺得，在能美面前，一定要不靠『加速』打贏比賽，哪怕只多打贏一場都是好的……」

「…………這樣啊……」

春雪嘴角一緩，點點頭。

「掠奪者」Dusk Taker——能美征二，在三個月前和春雪與拓武的對決中點數全失，失去了BRAIN BURST程式本身，以及所有相關的記憶。

聽說他變回平凡的國中一年級生後，很崇拜大他一屆的拓武學長，在劍道社非常努力。現在的能美根本不知道「加速」的事，所以拓武的努力也許只是一廂情願。可是，相信這樣的努力，一定能把某些東西傳達給他知道。

「……即使是為了他，星期六的領土戰爭也絕對要打贏，打垮加速研究社才行啊……」

春雪喃喃這麼一說，拓武就跟著深深點頭：

「嗯，是啊。比起都立大賽，反而是前一天的這場大戰更讓我有壓力。」

「咦？是前一天喔？」

「是啊！領土戰是在後天，也就是二十日，都立大賽是在二十一日。所以我一直告訴自己，只要能在領土戰打贏白之團，在都立大賽也能奪冠。」

「這樣啊……嗯，說得也是。雖然劍道的都立大賽一定不簡單，可是怎麼想都不覺得會有哪間學校比震盪宇宙還可怕……」

「沒錯沒錯。前陣子跟綠之王他們打過以後也是一樣，在加速世界跟真正的高等級玩家打過以後，很不可思議的，在劍道的比賽裡我就很能靜下心來。所以，雖然有點怕會在領土戰爭裡碰到震盪宇宙的強者，但其實又有點期待。」

拓武一邊往上推起眼鏡的橫梁，一邊這麼說，春雪佩服地朝他清秀的側臉看了一眼。

「原來如此啊……好，以後在現實世界裡遇到會緊張的時候，我也會試著想起跟王或超級公敵打的情形……」

「例如什麼樣的時候？」

聽拓武這麼一問，春雪思索起來。

考試前一刻固然會緊張得手心冒汗，但等到實際開始考了，就不得不拚命作答，所以連自己在緊張的這回事都會忘記。在教室和拓武、千百合以外的學生講話時的緊張感，到了二年級第一學期即將結束的今天，似乎也已經減輕了相當程度。

幾個小時前，仁子和黑雪公主在他家王見王時，的確弄得他大為緊張，但要是把這件事告訴拓武，實在不知道他會做出什麼樣的反應，所以春雪決定不說。仔細想想，春雪參加的是飼育委員會，根本不可能會有機會在現實世界參加運動比賽，所以再來也就只有要在很多人面前講話的時候……

當春雪想到這裡，想起了一件非得和拓武說個清楚不可的重要案件，小小「啊」的一聲驚呼出聲。

「你……你怎麼啦，小春？」

看到拓武睜大眼睛，春雪先搔了搔頭，然後才開口說：

「呃……這跟我們剛剛聊的事情沒有關係，不，也許有一點關係，不過……阿拓，這個，我……打算參加看看。」

春雪的話裡省略了受詞，但拓武不愧是從小就認識他的朋友，似乎正確地理解了他的意思。只見拓武一瞬間睜大雙眼，然後露出滿臉微笑，強而有力地點點頭。

「這樣啊。那明天可得馬上找生澤同學商量才行嘍。」

「嗯……嗯。要知道是我耶……這沒搞錯吧？」

「當然了。請多指教了，小春。」

拓武不改臉上笑容，輕輕拍了拍春雪的右肩。

拓武與春雪，被二年C班的班長生澤真優找上，要他們一起參加下一屆的學生會幹部選舉，這是十天前的事。春雪已經把正式回答保留許久，但這對他而言，是這輩子第二重大的選擇——最重大的一次，當然是安裝黑雪公主傳送給他的BB程式時——要下定決心，無論如何就是需要這麼長的時間。

然而一旦對生澤真優做出ＹＥＳ的回答，就再也不容他反悔。生澤曾經把自己參選的動機告訴他們，說自己是因為崇拜現任副會長黑雪公主，想活得像她一樣——為了這樣的她，春雪在九月的選舉之前，非得竭盡全力不可。

「……我也會努力的。」

春雪以有點靠不住的聲音這麼宣言，拓武放在春雪右肩上的手就加重了力道，深深點頭。

「嗯，小春，我們要努力。無論是星期六的領土戰爭……還是第二學期的學生會選舉。」

「還有你的都立大賽跟全國大賽！」

春雪補上這麼一句，拓武就笑著回答：「那當然。」

春雪在電梯間和拓武道別，回到自己家裡，花一小時做完功課後，只沖了個澡就上了床。

這一天非常漫長。由於在禁城裡過了十個小時以上，體感時間當然長，但更重要的是輸入到腦子裡的資訊量過多，讓他覺得自己尚未處理完畢。當他在昏暗的房間裡仰望天花板，就覺得「The Fluctuaing Light」與「軍團合併」、「學生會選舉」之類的字眼，在視野的角落轉個不停。

——要是就這麼睡著，多半會作怪夢……

想是這麼想，但很快的疲勞就把眼瞼往下壓，春雪連神經連結裝置也忘了卸下，就落入了夢鄉。

他所料不錯，這一晚果然作了怪夢。

滿天的星空。

春雪站在一個隱形的平面上，頭上有著無數光點形成球狀銀河般的集體，發出美麗的光芒。繁星並非靜止不動，而是不時會隨機移動，撞到其他星星，星星被撞得也跟著移動，又撞到別顆星星，反覆著這種有著生命般樣貌的活動。

春雪對這幅光景並不陌生。

「……主視覺化引擎……？」

春雪小聲喃喃自語。雖然沒有人答話，但他堅信不移。

記得那是在六月十九日——正好就在一個月前。拓武在新宿戰區遭遇到ＰＫ集團「Super Nova Remnant」襲擊，儘管靠著Magenta Scissor讓渡給他的ＩＳＳ套件之力殲滅了對手，卻困在黑暗之力當中。這天晚上，春雪和拓武、千百合三個人在直連狀態下睡著，算是被拓武拖去了那個空間。

這裡就是運算整個加速世界的BRAIN BURST主伺服器，別名主視覺化引擎之中。若說Highest Level是「能夠將加速世界全景盡收眼底的地方」，那麼這個空間就應該叫作「能夠窺見加速世界本質的地方」吧。

但自己明明並未裝備ＩＳＳ套件，為什麼會在睡眠中再度闖進這裡呢？還是說，這是……

「……是真正的，夢嗎……？」

春雪一邊自言自語，一邊低頭看看自己的身體，還用雙手在Silver Crow微微通透的虛擬身體上摸來摸去，結果——

「這不是夢。」

聽到背後有人說出這麼一句話，春雪連忙轉過身去。

「——只是我也不太清楚你們讓思考回路休眠時作的所謂『夢』，具體來說是什麼樣的東西。對了，僕人，你現在就在這裡作個夢給我看看。」

這世上會用這種高高在上的語氣做出這種無理要求的人物，也只有一個。

「梅……梅梅梅丹佐？」

春雪之所以說話破音，並非只是因為這個冠有大天使名號的神獸級公敵在場。

這個在眼前發出淡淡光芒的，不是平常的小小立體圖示，而是有著純白的翅膀，穿著長禮服，美得莊嚴神聖的女性身影。

「妳……妳這模樣……梅丹佐，妳的傷都好了嗎？妳已經沒事了吧？」

春雪忘我地伸出雙手，攏住她纖細的肩膀。Silver Crow的手與梅丹佐的身體都是半透明的，但仍然感受得到微微的溫度，讓春雪太過感動，就要用力抱緊她——

春雪是想抱，但雙眼始終閉著的梅丹佐迅速舉起右手，用指尖在春雪臉孔正中央一戳。

「你……你這個僕人知不知道自己在做什麼！你以為你一個僕人可以做出這種冒犯的行為嗎！」

「咿……對……對不起……我太高興，忍不住就……」

「而且，我本體的修復尚未結束！這個空間多半是Highest Level的另一種相……若說你以前去到的相是顯示『資料的位置』，那麼這邊則是顯示『資料的動向』。多半就是因此，我才會被描寫成這種模樣。」

大天使儘管拒絕了春雪的擁抱，卻不推開他，仰望震動的銀河。春雪跟著抬頭向上，同時再度問起：

「既然妳還沒恢復力量……那妳是怎麼把我叫來這個空間的？」

「照你們小戰士的說法，就是『修行的成果』。」

「修……修行……？是什麼，修行……？」

春雪啞口無言，梅丹佐在他的視線下微微睜開眼睛，清了清嗓子。

「我為了將你我之間設定的連結變得更確切，花了很長的時間在進行強化。結果就是只要所有條件齊全，也就能夠像現在這樣，由我這邊主動召喚你……就是這麼回事。」

「是……是喔……」

「不過強化還只進行到途中。」

「是……是喔……」

春雪老實地佩服了一會兒，然後突然猛力後仰。

「請……請問一下，要是連結強化完畢，會發生什麼事呢……」

春雪戰戰兢兢地一問，大天使就在他眼前自豪地哼哼笑了兩聲。

「我的最終目標，是去到你生活的Lowest Level。」

「妳……妳說什麼～～～～！」

春雪上身更加後仰，這次換梅丹佐牢牢抓住他的雙肩。

「你這是什麼反應？僕人，你可以更高興的。」

「不……不是，這個……要……要是梅丹佐來到我家，我會很高興的，非常高興。」

春雪嘴上這麼說，但一想到被母親撞見時的情形，就嚇得渾身發抖。梅丹佐仍然一臉懷疑，但過了一會兒，再度笑著說：

「還得再強化很多很多，才能夠實現。Silver Crow，你儘管滿懷期待地等著吧。」

「………嗯，我很期待，真的……」

春雪以老實的心情這麼回答，就從梅丹佐身上分開，再度仰望頭上這個資料銀河。

春雪在原地坐下後，大天使也跟著在他身旁坐下。

兩人就這麼默默看著搖曳的星星良久。等到愈來愈弄不清楚過了多少時間時，春雪忽然對梅丹佐問起：

「……梅丹佐。妳……對Graphite Edge在禁城說過的話，是怎麼看的……？」

難得花了足足五秒鐘，才等到答案。

「……你帶我進禁城，這件事我深深感謝。可是，我在那個空間裡得到輸入的資訊實在太片段，還未能得出結論。不……或許應該說，得出結論所需的資料還不足……」

「不足……──嗯，這我也能體會。畢竟我總覺得Graph兄沒把最重要的事情告訴我們。可是……既然這樣，妳為什麼不直接對Graph兄發問？」

「唔…………」

這次大天使又隔了一小段時間，才輕聲細語回答：

「……我就承認吧。我，是對那個小戰士起了戒心。」

「戒……戒心……？」

「並不是感覺到他有惡意或害意……他和把我從城堡裡拖出去的『敵人』不一樣。可是，就是有某種事物……某種蘊含在他身上的事物，讓我起了戒心。甚至連報上自己的名號，都需要小小的覺悟……雖然這是不可能的，但他……說不定，比身為四聖的我更加…………」

梅丹佐說到這裡，聲音愈來愈小，最後更完全聽不見了。

春雪將視線往身旁一轉，大天使就一副要他別看的模樣，用右手抓住春雪的頭，用力往下一壓。這一來，他的頭必然會搭到梅丹佐的大腿上，卻莫名地並未聽見她平常會罵的「無禮之徒」這句話，所以春雪也就這麼靠在她身上。

即使隔著對戰虛擬角色的頭盔，仍有一種柔軟而溫暖的感覺傳來，讓春雪產生了強烈的睡意。儘管覺得自己明明還有很多話想跟她說，但眼瞼已經沉重得無法抗拒。

「……相信有朝一日，我會和你再度去到禁城，和他們再會。到時候，所有謎題都將解開，我們也將知道自己存在的意義……」

梅丹佐的話，聽起來就像搖籃曲一樣溫和。

「……現在你就睡吧，Silver Crow。為了因應即將來臨的戰事……」

春雪聽著由星星演奏的小小鈴聲，在梅丹佐的大腿上，落入了深沉的睡眠當中。

7

或許是因為在超乎常理到了極點的地方，以超乎常理到了極點的方式睡著，即使被鬧鐘吵醒，腦子仍有好一陣子昏昏沉沉的。

隨著意識慢慢覺醒，在星空下和梅丹佐進行的那段不可思議的對話，也斷斷續續地回想起來，讓春雪躺在床上環顧左右。晨光射進的房間裡，沒有大天使的身影，讓春雪一邊品嚐著這種像是遺憾又像放心的心情，一邊起床。

他在洗手台前洗了臉，然後一邊打個大大的呵欠來趕走睡意的殘渣，一邊打開客廳的門，結果發現裡頭已經有個出他意料之外的客人先待在裡頭，讓他睜圓了眼睛。

不，這個人不是客人。不但不是客人，甚至還是這間住宅的持有人，還身兼戶長。

這名在餐桌上用手指迅速滑動早報的女性，名字叫作有田沙耶──她是春雪的母親。

「早……早安，媽。」

春雪一打招呼，身穿女用襯衫的沙耶就轉頭朝他瞥了一眼。

「早安。」

她簡短地應了一聲，目光又拉回早報上。從她略微疲憊的模樣看來，多半不是準備去上班，而是剛下班回來。

沙耶在外商投資銀行上班，聽說她隸屬的部門業務與美國金融市場高度相關，經常從美國市場開市的日本時間深夜十一點，就在公司待到早上。連沒有必要這樣待命的時候，她也常常會為了一些不清楚是為了公事還是私交的理由而應酬喝酒，因此可以說她幾乎不曾在換日前就回到家。

即使如此，她會弄到這麼晚才回家，仍然十分罕見。春雪一邊走向廚房，一邊輕描淡寫地對母親說聲：

「每天都忙到這麼晚，辛苦妳了。」

結果沙耶再次停下手上的動作，視線轉過來盯著他看。

「怎……怎麼了嗎？」

「沒有……沒什麼。倒是這個，是你做的？」

聽沙耶這麼一問，春雪注意到她右手拿著湯匙。擺在她身前的白色碗裡，放的似乎是春雪放進冰箱的涼擔擔麵剩下的醬料。

「啊……嗯。昨晚，我跟朋友……這個，那只是醬料，要吃的話有麵……」

「我吃這個就好，畢竟料又多。你說的朋友，是拓武跟千百合？」

「不是，是學校的高年級生，還有……」

春雪先對該如何描述仁子與Pard小姐……遲疑了一瞬間，然後——

「住在練馬的朋友。」

他這麼一回答，沙耶就再度露出有些驚訝的表情。

「哦……——真沒想到除了千百合以外，你還認識其他這麼會做菜的朋友。是男生？還是女生？」

「謠……呃，這個……就……就留給媽自己想像……」

春雪含糊地回答完，就躲到廚房去了。他把麵包放進烤麵包機，端著一杯裝優格與切半的葡萄柚，來到母親正對面坐下。

所幸沙耶並未繼續追問先前的問題，一邊看著早報，一邊持續動著湯匙。春雪在對面吃著優格，心想已經很久沒有在明亮的地方看到母親的臉了。

她那微微染上了些顏色的鮑伯短髮，以及有些尖銳的眼影，都是從以前就不曾變過。然而春雪卻又覺得她臉上的陰沉，比以前要少了一些。這會是晨光造成的——還是春雪自身的感受改變所造成的呢？

春雪忽然覺得想和她多聊一些，但又沒有什麼合適的話題。他還在遲疑，沙耶眼前的黑芝麻擔擔麵醬卻不斷減少。

等到只剩下一匙時，春雪總算開了口：

「媽，我說啊……」

「什麼事？」

沙耶的目光並不移開早報投影視窗，立刻反問他。春雪深深吸一口氣，把昨天才下定的決心說出口：

「……有人找我參加第二學期的學生會幹部選舉……我打算參選。」

「哦……」

沙耶先隨口應了一聲，過了一會兒才驚覺不對，抬起頭來。

「咦？學生會選舉？」

「嗯……嗯。」

「有人找你……噢，記得梅鄉國中是整組人馬一起參選？帶頭的是誰？」

「是C班的班長，她姓生澤。成員有我和阿拓，另一個是誰還不知道。」

「是喔……」

從沙耶微微歪頭的表情上，看不出她對春雪的參選宣言有何感想。春雪再一次深呼吸，然後說出自己的想法：

「然後……媽還是學生的時候，也當過學生會幹部吧？所以我就想說，不知道能不能請媽教我一些演講的訣竅之類的，當然是等媽有時間的時候再說就好……」

沙耶聽了後，難得呵呵兩聲笑出聲音來。

「這種事已經過了太久，我早就忘記了。國中的參選演講這種場面啊，不管說什麼都行，說你想說的話就好了。」

「我就是找不到這想說的話……」

「那，你是為了什麼當幹部？」

被忽然轉為正經表情的母親這麼一問，春雪不由得視線低垂。

因為被生澤真優找上。

因為想要校內網路的管理者權限。

因為想得到黑雪公主的肯定。

這些都不是謊言，但春雪覺得都不是讓他下決心的最根本理由。他翻找自己內心深處，把浮現出來的話說出口：

「我，就只是……想做點什麼。做點以往的自己，做不到的事情……」

沙耶聽了後，再度露出淡淡的笑容。她把碗裡剩下的擔擔麵醬一點都不剩地舀起來放進嘴裡，喝光了玻璃杯裡的水，然後說：

「那，你就把這點告訴大家就好了。演講最重要的，就是能讓人聽進心裡多少。就算開出

一張張煞有其事的政見支票，聽的人也只會左耳進右耳出。」

「聽進心裡……多少……」

春雪還在喃喃自語，沙耶就關掉早報視窗，拿起碗和玻璃杯站起。

「演講的草稿擬好以後給我看看。我要睡了。謝謝你的麵醬。」

「啊……媽晚安。」

沙耶收拾完餐具，迅速操作虛擬桌面，把午餐費五百日圓匯進春雪的帳號，然後走出了客廳。

七月十九日，星期五，彷彿梅雨鋒面來了一記回馬槍似的，整片天空灰濛濛的。天氣預報的桌面小工具，顯示下午以後的降雨機率是四十%，但午休時間時尚未下雨，所以春雪邀了拓武，以及班長生澤真優，前往第二校舍的屋頂。

途中他們先去學生餐廳各自買了飯糰或三明治，但在開始用餐前，春雪先對真優一鞠躬。

「生澤同學，對不起，我的答覆拖了這麼久。」

「不會，沒關係。畢竟這件事很重大。那……？」

春雪在說著歪了歪頭的真優面前，先和拓武一瞬間互換了個眼神，然後說道：

「我會和生澤同學一起參選看看。」

雖然不知道派不派得上用場……春雪正要補上這句話，真優卻搶先大聲呼喊：

「真的？哇！謝謝你！我們一起努力吧！」

真優先露出滿面笑容，然後才慌張起來，看看四周。所幸屋頂上並沒有其他學生。

「……原來如此，你不在學生餐廳講，帶我們來這裡，原來是為了防止情報洩漏出去啊？」

拓武看著真優想通了似的點點頭，發出愉快的笑聲。

「不不不，不是這樣，我想小春純粹只是不好意思。」

「喂……喂，可不止是這樣啊。我是想說如果要討論選舉的戰術之類的，最好旁邊沒有別人……」

「你可真心急。不過也好，總之我們先吃飯吧。」

在拓武的催促下，春雪與真優背對屋頂的圍籬，坐在高約四十公分左右的矮牆上。

春雪先咬了一口明太子飯糰，灌了玄米茶吞下肚，然後才對身旁的真優問起：

「對了，生澤同學，團隊的第四個人要找誰？」

「其實，我還有點下不了決定……」

真優一邊把番茄起司三明治送進嘴裡，一邊聳聳肩膀。

「我並不是沒有對象可以找，但是該怎麼說……我是想說，像有田同學和黛同學這樣，比較尖銳的人才好。」

聽到她這麼說，春雪忍不住和坐在真優另一側的拓武對看一眼。

拓武的形象就已經與不法無緣，春雪更是找遍整個梅鄉國中，只怕也找不到幾個像他這樣無論內在外在都不尖銳的人。春雪不由得低頭看了看自己那滿是緩衝材的身體，真優就趕緊搖搖頭說：

「不是，我說的尖銳，不是指危險的人。是指有很多其他人所沒有的部分。」

「……這也一樣，先不說阿拓，我完全想不到我有這種部分……」

「不會的。」

真優一臉正經，斬釘截鐵地說完，抬頭看了看像是隨時都會下雨的滿天烏雲。

「……其實，我認為，每個人都擁有一些只屬於自己的……和別人不一樣的東西。可是，要把這些展現出來，真的很難呢。光是和大家不一樣，或被認為是愛出風頭的人，就會遇到很多令人不舒服的事情……」

她的口氣與表情，像是親身有過這樣的經歷。真優立刻收起這一瞬間的陰影，再度看著春雪說下去：

「可是，有田同學一個人去升級校慶的班級展演，又主動報名擔任飼育委員，都不會去掩飾自己拿手或喜歡的事情，努力在做，不是嗎？」

「這……可是，這兩件事我也說不上是拿手……反而是因為非得做點什麼不可，所以無可奈何地去做，也就只是這樣而已……」

「重要的是有沒有實際去做啊。而我認為，有田同學就是個會好好把事情做好的人。所謂的尖銳，就是這個意思。用英文來說，不是Sharp，而是Prominent。」

「P……Prominent？」

春雪聽到這個不記得學過的英文單字，正歪頭納悶，真優就叫出筆記本APP，用指尖流暢地寫出這個單字怎麼拼。

「這個單字有『顯著』、『傑出』等意思。名詞形是Prominence，這個你應該就聽過吧？」

「啊……是太陽的……」

「嗯。除了太陽的『日珥』以外，也有『醒目』、『卓越』的意思。」

「是喔……我以前都不知道。」

春雪回答之餘，腦海中浮現的，當然是仁子所率領的紅之團團名。

他無從知悉初代紅之王Red Rider，是取了什麼樣的含意，為軍團安上「日珥」這個名稱。然而由第二代軍團長仁子繼承，一直保護到今天的日珥，明天就要和黑暗星雲合併，讓一個時代結束。

雖說是巧合，但在這個時候，經由生澤真優之口，教會他日珥這個單字的含意，讓春雪感受到這應該是某種緣分。他再度看向拓武，兩人相互輕輕點頭，然後整個人轉過去面向真優。

「呃……我是還沒有辦法對自己那麼有自信，可是，我會努力讓自己不會辜負生澤同學的期待。謝謝妳找我參加。」

春雪這麼一說，真優就再度眨了眨她的大眼睛，用力點了點頭。

「嗯，我們一起加油吧，有田同學！」

「我當然也會盡全力的。」

另一側的拓武補上這麼一句話，生澤就轉過去又喊了一聲：

「黛同學也請多多指教了！」

春雪與拓武牢牢握住真優往兩旁伸出的手。

之後他們一邊吃飯一邊討論，決定在七月底前，各自提出第四個成員的人選候補。春雪在吃完第二個梅子柴魚花飯糰的同時，一滴水滴在他的鼻頭上。

「啊，下雨了。」

真優已經收拾好三明治的包裝，手擋在額頭上面看著天空。

春雪同樣仰望天空，看著在灰色的雲層後頭微微發光的太陽，忽然想到一件事，問道：

「對了，生澤同學。記得這四人一組候選人，要取個類似團隊名稱之類的名堂吧？」

「啊，沒錯沒錯，雖然是在競選活動中才會用到。好像大多都是取些什麼什麼黨、什麼什麼S，什麼什麼團隊之類的名稱。第二學期以後才要登記，所以我是都還沒想……有田同學，你有什麼點子嗎？」

「也不是說有點子，我是剛剛才想到的……」

春雪一邊從拿來當椅子的矮牆上站起，一邊說：

「我是想說，就取成剛才生澤同學教我的『Prominent』，不知道好不好？Prominent團隊。」

「Prominent團隊……」

真優接著站起，把這個名稱在舌尖上轉了轉，然後滿意地一笑。

「感覺很有幹勁，真不錯！黛同學覺得呢？」

「我也覺得很好。」

拓武讓眼鏡鏡片閃出亮光，得意地一笑。

真優蹦蹦跳跳地甩動馬尾，重重點頭，就像要把開始下的雨推回去似的高高舉起右拳，以響亮的聲音宣告：

「好～！我們Prominent團隊，就從現在開始運作！大家一起加油吧！」

「加油！」

春雪與拓武也跟著應和。

8

黑雪公主所發的長篇郵件，寄到軍團所有團員手上，是在第一學期最後的班會結束時。

學姊是在上課中寫出這個的嗎……春雪身不由己地戰慄，因為這份報告就是這麼詳盡又好讀。郵件分成兩部分，前半針對與紅之團的合併案說明，後半則寫到禁城與BRAIN BURST相關的祕密。

兩者都是春雪已經知道的事，但他仍然坐在自己座位上看得忘我，結果看著看著，就有個人站到他身前。抬頭一看，是已經收拾好東西準備回家的倉嶋千百合。

千百合深深把上身往前傾，在春雪面前輕聲說：

「小春，學姊寄來的郵件，你看過了嗎？」

「我正在看……妳呢？」

「只看了前半。看得我嚇了一跳……啊，你該不會……」

「怎……怎樣啦？」

「看你沒有大喊什麼嚇死人ing！之類的話而滾下椅子，你應該是早就知道合併的事了吧！」

「這……這個嘛……倒是妳，不用去社團嗎？」

「我們社團今天跟明天都放假！好了，給我老實招來！」

他們說了一會兒悄悄話，拓武就出現在千百合身旁。他是顯得有些驚訝，但由於都立大賽就在後天，劍道社今天當然也要練習，所以他似乎沒有時間多聊。

「小千，妳先幫我從小春口中多問些東西出來。」

拓武很快說完這句話，千百合對他豎起拇指，彷彿在表示包在她身上。

「那，我晚點再跟妳聯絡。」

春雪目送揮著手小跑步跑走的拓武離開後，再度看向千百合的臉。

「好啦，我要你一五一十全部招出來。」

「可是我知道的事情，幾乎都已經寫在學姊的郵件裡……」

「那，就把幾乎以外的事情都招出來！」

被這位兒時玩伴斬釘截鐵地這麼一命令，春雪自然無法說No。

春雪和千百合一起從樓梯口走出去，發現不知不覺間雨已經停了。

春雪移動到後院的飼育小木屋，準備好兩把竹掃帚，遞出其中一把。

「……做什麼？」

春雪對一臉狐疑的千百合得意一笑：

「我會把很多事情告訴妳，但妳要幫忙打掃。」

「……是沒關係啦。」

就在他們兩人合作把小木屋四周打掃完時，飼育委員會的伙伴井關玲那與超委員長四埜宮謠出現了。玲那注意到千百合，說了一聲：「奇怪。」

「呃，妳是倉嶋同學嗎？該不會是新進社員……不，我是說新來的委員？」

「不是，她只有今天來幫忙。」

春雪這麼一回答，玲那就露出「搞什麼嘛」的遺憾表情。相對的千百合則過意不去地道歉說：

「對不起喔，井關同學。我社團放假，所以被這傢伙叫來幫忙。」

春雪愈聽愈覺得怎麼好像是自己不對，搖搖頭表示不是他的錯，結果……

【UI＞就算只有今天，我還是很高興看到千百合學姊能來！小咕一定也非常高興！】

謠用聊天APP做出這樣的發言。三人不約而同朝小屋裡一看，看到白臉角鴞小咕正大舉拍動翅膀表示歡迎──感覺是這樣。

「啊哈哈，小咕，謝謝你喔──那，接下來要做什麼？」

千百合這麼一問，春雪微微思索後，皺起眉頭說道：
「麻煩妳在這附近的地上挖個洞，收集要給小咕吃的蚯蚓。」
「蚯……蚯蚯蚯蚯蚓？我……我才不要我哪敢碰那種東西啊！」
千百合連連後退，春雪緩緩朝她腳下一指。
「啊，妳看，那邊就有一隻。」
「呀啊——————！」
千百合發揮了沒有白待田徑隊的腳力跳了起來，確定地上什麼都沒有以後，滿臉通紅地衝過來，用力捏起春雪的左邊臉頰。
「臭小子！看我把你的臉頰肉扯下來餵小咕！」
「痛……痛痛痛痛！抱歉抱歉，饒了我啦！」
玲那與謠啞口無言地看著他們打鬧，同時噗哧一聲笑了出來，小咕也大聲「咕～咕～」地叫了幾聲。
打掃完小木屋也餵完小咕——餵的當然不是蚯蚓，也不是春雪的臉頰肉，而是謠準備的老鼠肉——玲那揮揮手離開後，三人就在小木屋附近的一張長椅上並肩坐下。
首先是謠把雙手放在小巧可愛的膝蓋上閃動雙手手指。
【UI＞兩位已經看過幸幸的信了嗎？】

「嗯，大概看過。對了謠謠，妳聽我說！小春這傢伙，好像事先就知道合併這件事了說！」

【ＵＩ＞有田學長，這是真的嗎？】

被並肩坐在左側的千百合與謠同時冷眼看過來，讓春雪趕緊連連搖頭：

「沒……沒有啦，說是事先，其實也只有十二個小時左右啊！這個……昨天傍晚，黑雪公主學姊，還有仁子跟Pard小姐來我家……」

「……哦～～？」

【ＵＩ＞我也要說哦～～？】

「沒……沒有啦，說是來我家，也不是說過夜，只是做個晚飯大家一起吃……」

「……哦～～～～？」

【ＵＩ＞我也要說哦———？】

兩人的眼神愈來愈冰冷，春雪判斷還是快快進入正題比較保險。

「然……然後，我也是那個時候，才第一次聽說要合併的事情。仁子她們好像一直忙到昨天，才說服了『三獸士』的剩下兩人……然後，再來就跟學姊信上寫的一樣，具體的情形得等到明天才知道……」

「………原來如此啊……」

千百合聽到這裡，才總算把表情變回正常狀態，陷入思索似的這麼說。

「可是，像之前在領土戰爭裡跑來攻打杉並的Blaze Heart跟Peach Parasol她們，會願意接受嗎……我是不曾直接和她們打過，但她們那次應該非常生氣吧？」

【UI＞是啊……。我想Blaze姊她們，對於幸幸讓Red Rider點數全失這件事，不會那麼輕易就原諒……】

「那……說不定Blaze她們一旦知道要合併，就會退出軍團……」

春雪對千百合的話默默點了點頭，然後對三人中最年少卻最資深的團員問起：

「四埜宮學妹，妳對合併有什麼看法……？」

謠聽了後，幾乎不經思索，就在投影鍵盤上打字：

【UI＞我不怎麼覺得抗拒。因為在我成為超頻連線者的那時候，軍團與附近的軍團合併，又或者是分裂，都是稀鬆平常的事情……加速世界的狀況不再有重大改變，是從六大軍團之間訂立互不侵犯條約以後才開始的。只是……】

謠打到這裡，先停手一瞬間，然後微微放慢速度，繼續輸入：

【UI＞如果，合併會讓黑暗星雲這個軍團名稱消失，我想我還是會遺憾。我想，日珥的團員一定也一樣。】

「嗯……就是說啊……」

千百合抬頭望向雲層漸漸變薄的天空。

「我雖然進黑暗星雲還只有三個月，但對這個軍團也變得很有感情了。我會覺得加速研究社非打倒不可，而且多出很多伙伴我也很高興，可是，就算是這樣……要說我都不會不安，那大概就是騙人了吧。因為我希望能夠和一群我最喜歡的人，在待得舒服的地方，快樂地過日子……我就是有這樣的想法……」

這番話讓春雪不由得凝視起兒時玩伴的臉孔。

春雪以前曾對千百合說過。說Lime Bell的必殺技「香櫞鐘聲」，是拿期望回到過去的力量，作為能量的來源。還說招式發動時會聽見的鐘聲，就和千百合、春雪與拓武所就讀的小學鐘聲一模一樣。

相信千百合直到現在，內心深處仍然懷抱著一種心情，覺得如果可以，會希望能夠回到他們三個兒時玩伴每天汗流浹背地玩到傍晚才回家的那個時候——回到不用害怕父親的病會復發的那個時候。想來軍團合併以及與研究社的決戰這些重大的改變，多半讓她感受到了超乎春雪想像之上的壓力。

「……不用怕啦，小百。」

春雪對坐在謠另一側的千百合拋出這句話。

「因為就算軍團合併後名稱換了，重要的事情還是不會有半點改變……我們要和日珥合力打倒加速研究社，毀掉他們的圖謀，和黑雪公主學姊一起追求把BRAIN BURST玩到破關。就和以前一樣。」

千百合聽他這麼說，眨了幾次眼睛，然後露出了往常那活力充沛的笑容。

「嗯，說得也是！而且不管是我還是小春，都還得變得更強才行！」

「對……對啊，妳說得對。」

春雪這有些含糊的回答，讓謠嘻嘻一笑，動起手指打字說：

【ＵＩ＞我覺得有田學長也差不多該決定6級的獎勵要拿什麼了！】

「嗚……妳……妳說得對……Graph兄也這麼說……」

【ＵＩ＞……Graph哥說了什麼？】

謠已經看過黑雪公主的報告，應該已經知道春雪與楓子在禁城裡遭遇Graphite Edge的事。春雪省略開場白，直接轉述雙劍士的話。

「呃……他說要是對現在的自己有什麼不滿，只要透過修練或拿升級獎勵的方式來強化就好。不過話說回來，我連自己對Silver Crow的能力值有沒有不滿，也都不太清楚就是了……」

春雪補上這句話後，千百合就拿他沒轍似的搖搖頭，謠再度露出微笑。

【ＵＩ＞Graph哥說的話，有九成我都建議聽過就算了，但這個建議也許就是剩下的一成。

如果在對戰虛擬角色的成長上覺得遇到了瓶頸，拿升級獎勵轉換走向，的確也是個方法。像我

也打算下次要稍微強化一下接近戰的能力。】

春雪一邊熟讀謠打在聊天視窗上的話，沉吟思索。

春雪以往之所以把升級獎勵，全都拿去強化飛行能力，是聽從黑雪公主建議的結果。當初升上2級時，選項中出現的迷人必殺技，也曾讓他十分心動，但後來他也不怎麼煩惱，持續選擇強化飛行能力。

那為什麼偏偏只有這6級的獎勵，讓他無論如何就是會產生迷惘呢——

「……Graph兄和楓子師父，都說遇到一個人打不贏的敵人就兩個人去打……兩個人打不贏就三個人去打，這樣就好，可是……」

春雪低頭看著自己的雙手，喃喃說道：

「我覺得，還是會有些場面是儘管只有自己一個人，也無論如何都想打贏……非得打贏不可的。為了這種時候，會希望能多擁有一些力量。這樣想，是不是錯了……」

【UI＞這是所有拿到支援型對戰虛擬角色的超頻連線者，都永遠要面對的煩惱。】

謠立刻做出這樣的發言，讓春雪驚覺地抬起頭來。

往左一看，看見謠笑瞇瞇，千百合賊笑嘻嘻。仔細一想，Ardor Maiden就是專精遠距離攻擊的火力支援型對戰虛擬角色，而Lime Bell更是個只有單純打擊可以用來直接攻擊的完全支援型。

「啊……抱……抱歉、小百、四埜宮學妹。」

他趕緊低頭道歉，千百合就噗哧一聲笑了出來。

「不用道歉啦。當然就像小謠說的，有時候也是會覺得說，如果能再多點攻擊力就好了。不過我很喜歡自己的虛擬角色，而且比起單獨對戰，大家一起並肩作戰要開心得多了。自己一個人抗戰這種事，我在社團就已經做得夠多了，在加速世界只要能盡情地打打團體戰，我覺得這樣就好了。」

千百合說完，謠抬頭看向她的臉，迅速動了動手指。

【ＵＩ＞千百合學姊的想法好踏實！】

「……聽妳這樣一講，就好像我走得暈頭轉向一樣……」

春雪嘟噥了幾句，然後慢慢點頭說：

「可是，小百想說的話，我很清楚了。重點就是自己到底追求什麼，是吧……仔細想想，就覺得黑雪公主學姊也是從一開始就說過，想要答案就去問自己的虛擬角色。」

【ＵＩ＞正是。我覺得只要多想，多煩惱，朝自己真正想走的方向前進就好了。】

「……嗯，謝謝妳，四埜宮學妹，小百。我會在明天的領土戰之前決定好獎勵。還有……學姊的報告上沒寫，但Graph兄有話要我代轉給四埜宮學妹。」

春雪對歪頭的謠，轉達了即將離開禁城前，Graphite Edge託他轉達的話。

「他說……我要從禁城北門逃脫的時候，就要拜託妳幫忙啦，點點。」

聽到這句話，謠睜大眼睛好一會兒，隨後又噘起了嘴唇。

【UI＞真覺得他也差不多該改一改，別再叫我點點了。】

謠小小的雙手輕快地打出這句話，然後牢牢握緊，視線往上望去。

春雪也跟著仰望天空，看見從雲朵縫隙間射下的幾道金色光線，將蘊含濕氣的空氣照得閃閃發光。

9

東京都二十三區中，人口最多的就是這世田谷區——這是奈胡志帆子從國小上社會科的課時，就一再學到的知識。

可惜面積次於大田區而屈居第二，但那是因為有羽田機場這麼一大塊占地廣大的設施位於大田區，如果扣掉機場不算，世田谷區才是最大的一區，這種小知識她也早已耳熟能詳。因此成了超頻連線者之後，有一件事大大令她驚訝，那就是在加速世界當中，世田谷區被當成了人口外流戰區的事實。

「……老實說，我到現在還是不太清楚，世田谷實際上是怎麼變成人口外流戰區的……」

志帆子在京王線的急行列車上小聲這麼說，站在身旁的三登聖實就聳聳肩膀，輕聲回答：

「應該是因為沒有什麼知名的名勝吧。想對戰的人還是會往澀谷或新宿等的地方跑……」

「哪裡會沒有名勝？世田谷不也有很多有名的地方嗎？」

「例如說？」

「例如說……像是三軒茶屋的胡蘿蔔大樓啦……」

「還有呢？」

「還有……像是二子玉川的日出大樓啦……」

「還有呢？」

「還有……像……像是等等力溪谷啦，馬事公苑啦、奥林匹克公園啦。」

志帆子拚命舉出世田谷的名勝，聖實就笑瞇瞇地連連點頭稱是，然後說：

「下次我們就拿這些去問烏鴉同學他們，看他們知道幾個吧。」

「不～要～啊～」

志帆子在哀嚎中垂頭喪氣，乖乖認輸。世田谷區的確不存在像池袋陽光城、新宿都廳大樓或澀谷拉文大樓這種全東京都居民都知道的地標。因此聚集不了想對戰的人，因此導致超頻連線者不會增加。這道理她懂，但無法釋懷的心情始終不變。

「……唔唔……還有沒有什麼啊……」

志帆子還不死心，口中唸唸有詞，結果一直站在她們兩人對面操作虛擬桌面的由留木結芽突然抬起頭，眼鏡閃出光芒。

「志帆，有啊有啊，名勝。」

「咦？在哪在哪？」

「蘆花公園那邊的巨大天然氣槽。」

「…………那個明年就要拆掉了……而且根本就只是些圓圓的東西……」

志帆子垂頭喪氣，但隨即想起現在不是像這樣一搭一唱搞笑的時候，於是挺直了腰桿。她們三人平常都是徒步上下學，會在平日的放學後搭上京王線，並不是因為要出去玩。他們是為了重要的任務出擊。

「好了，環八就快過了。妳們兩個，全球網路連線應該都關掉了吧？」

「對啊。」聖實回答。

「然當～」結芽顛倒回答。

南北縱貫世田谷區的環狀八號線，直接成了分隔戰區的界線。

志帆子她們就讀的敷島大學附屬櫻見國中，位於世田谷第二戰區。從距離學校最近的櫻上水站，搭京王線的下行列車越過環八，再過去就是世田谷第五戰區。

由於她們上了電車後，就關掉神經連結裝置的全球網路連線，即使換了一個戰區，也沒有被人挑戰的可能。然而就在疾駛於高架鐵路的急行電車跨過幹線道路的瞬間，就有一股緊張感從丹田往上湧。

她們的目的地是下一站的千歲烏山。但她們不是去買東西或出遊。

她們三人自從當上超頻連線者以來，幾乎是第一次為了主動找人挑戰而跨越戰區。

「……志帆妳不要那麼緊張啦。又不確定對方會出現在名單上。」

「反倒是不在的可能性還比較高啊。」

聽聖實與結芽以鬆懈的聲音這麼說，志帆緩緩點頭。

「……嗯。可是……我總覺得有種預感。覺得今天見得到那個人……」

「這……也許吧。妳已經決定好見了面要說什麼話嗎？」

聽聖實問起，這次她搖了搖頭。

「沒有，什麼都沒決定……可是我覺得，換做是烏鴉同學，他一定會這麼說。說『只要坦率表達，對方一定會了解。』」

「唔呼呼……也許喔～」

志帆子朝怪笑的結芽白了一眼，說道：

「我話先說在前面，要是我輸了，可就要換小登和小芽上了。」

「是是是。」「好好好。」

兩人的回答還是一樣悠哉，但這是因為她們想緩和志帆子的緊張。

為了表達感謝，志帆子用力揪了揪聖實與結芽的袖子，然後將視線轉往窗外。

一分鐘後，電車平順地減速，開進了千歲烏山站的月台。

她們下了樓梯，先從站前廣場所在的南出口出站再說。綠化過的廣場上設置了好幾張長椅，看來很適合用來加速。

「我本來還想說找一間店，不過在這廣場大概就行了吧。」

志帆子這麼一提議，聖實與結芽也都點了點頭。為了補充能量好因應對戰，她們在車站大樓裡的冰淇淋店內各買了一個甜筒，來到廣場上。

她們三人在靠裡頭一張樹蔭下的長椅並肩坐下後，默默地品嚐冰淇淋好一會兒。

志帆子的草莓起司蛋糕、聖實的餅乾與奶油，結芽的大納言紅豆都在同時消滅，而三人也同時喊了一聲振奮自己的精神，然後不約而同把手伸向神經連結裝置，按下全球網路連線鈕。

她們事先討論過，決定對戰由志帆子負責，聖實與結芽則當觀眾，所以進行加速的只有志帆子一個人。她們相視點頭，深深吸一口氣……

「『超頻連線』！」

啪——一聲衝擊聲響起，夏季的傍晚凍得蒼白。

她換上完全潛行用虛擬角色——格林童話中的葛麗特裝扮——移動到起始加速空間（Blue World），朝虛擬桌面上火紅燃燒的【B】字樣敲了下去。她感受著同等的期待與不安，打開了對戰名單。

人口外流戰區可不是白叫的，名單上出現的除了Mint Mitten與Plum Flipper以外，就只有兩個名字。一認出上方的字串，明明處在完全潛行狀態，她仍不免一口氣喘不過來。

【Magenta Scissor】——對包括聖實與結芽在內的多達十餘名超頻連線者，強制植入ISS套件，企圖造成加速世界平均化的可怕激進分子。

她正是志帆子要來見的對象。雖然有情報顯示她的大本營是在世田谷第五戰區，但能像這樣一來就發現，仍可說是重大的幸運。

但對戰名單上，還包含了一項意料之外的情報。

那就是顯示在Magenta下方的另一個虛擬角色名稱。

【Avocado Avoider】——是個與Magenta Scissor組成搭檔的超大型對戰虛擬角色。而Magenta與Avocado的名稱，被一個顯示組成雙人搭檔團隊的符號綁在一起。

「……是搭檔……！」

志帆子的食指停在名單上，低聲自言自語。

儘管搭檔團隊不能找單獨的超頻連線者挑戰，但允許相反的情形，所以就規則上而言，志帆子是可以直接挑戰Magenta與Avocado的。然而一旦真的開打，勝率就會大幅下降。

「怎麼辦……」

她咬緊嘴唇，往身旁看去，但凍結成藍色的聖實與結芽，當然不會給予任何回答。

她的確可以先停止加速，找她們兩人當中的一個登記成搭檔，然後才重新找Magenta挑戰。但若Magenta就在這短短數十秒內，從對戰名單上消失，那就得不償失了。

志帆子讓她童話風的虛擬身體轉過去，仰望北方的天空。

從京王線的高架鐵路往北一公里左右，就是東西向的中央公路，再過去就是杉並區了。是

MAGENTA SCISSOR

志帆子她們在三天前加入的黑暗星雲領土。

——這種時候，換做是Silver Crow，他會怎麼做呢？

志帆子忽然想到這樣的念頭，嘻嘻笑了兩聲。

三天前的放學後，志帆子等三人來到位於新高圓寺車站附近的私立梅鄉國中學生會室，和黑暗星雲的團員首次見面。雖然很遺憾的，對方並非全團到齊，在場的只有軍團長Black Lotus黑雪公主、Ardor Maiden四埜宮謠、Cyan Pile黛拓武、Lime Bell倉嶋千百合，以及Silver Crow有田春雪這五個人，但對方說在近日內，就會把剩下的Sky Raker與Aqua Current也引見給她們認識。

最令她們印象深刻的，終究還是軍團長黑雪公主。聽說她還擔任梅鄉國中的學生會副會長，那超出常人的美貌，以及在現實世界都照樣硬用「黑雪公主」這個代號（？）過活的精神力（？），讓她們無法不被震懾住。三人在回程路上，深深地相互點頭，說黑之王果然名不虛傳，絕非等閒之輩。

而帶給她們的印象強烈得僅次於黑雪公主的，就是Silver Crow——有田春雪。

他的臉孔與體型都圓滾滾的，給人的印象與他在加速世界中的對戰虛擬角色相反。但他卻和在無限制空間裡遇到時一樣，轉眼間就讓志帆子的緊張消融殆盡。黑雪公主等人對他十分信賴，這點也在見面後不久就能感受到。

換做是Sivler Crow，換做是那個無論何時都卯足全力，有著能接受自己軟弱面的堅強往前進的他，哪怕對手是雙人搭檔，應該也不會畏縮。沒錯，志帆子之所以來到這世田谷第五戰區，並不只是為了戰勝。她是為了和過去的敵人分享比勝利更重要的事物，才會來到這裡。

「……聖實、結芽，還有烏鴉同學。我……會努力的！」

志帆子在凍結成藍色的世界裡這麼一喊，用力往對戰名單敲了下去。

志帆子一邊從葛麗特虛擬角色，變身為對戰虛擬角色「Chocolat Puppeteer」，一邊下到黑暗中，雙腳踏上的卻不是堅硬的地面，而是淺淺的水面。

她一邊意識著這搔著腳踝的漣漪觸感，一邊慢慢睜開眼睛。緊接著強烈的陽光就將她的視野染成一片全白。

鏡頭眼的感光度立刻得到調整，世界恢復了原有的色彩。

一望無盡的藍色水面。水深只有十公分左右，卻淹沒了整個空間。建築物全都化為被太陽曬白的水泥骨架，從骨架間吹過的風，在水面上吹起了波紋。

這是自然系水屬性的「水域」空間。由於有著明亮陽光與清澈水面，能夠品味到些許度假的感覺，很受玩家歡迎，但志帆子一認知到空間屬性名稱的瞬間，就喃喃說道：「糟糕……」

但不管怎麼說，對戰已經開始了。而且還是由志帆子挑戰。之後她只能一心一意地努力。

她首先查看狀況。

顯示在視野右上方的體力計量表，共有上下兩條。她所料不錯，上面是Magenta Scissor，下面是Acocado Avoider。

顯示在中央下半部的導向游標也有兩個，但兩個游標分別指向不同的方向。看樣子Magenta與Avocado似乎待在戰區內的不同地點。志帆子該見的對象是Magenta，但不知道哪個游標才是指向她。

志帆子最後朝四周環顧一圈，結果在有一小段距離的車站大樓屋頂，看見了兩名觀眾的身影。當然就是聖實與結芽。就在志帆子揮手的同時，兩人輕巧地跳了下來。

聖實她們絲毫未濺起水花，柔軟地完成著地後，直線跑了過來，交互大喊：

「巧克，妳要怎麼辦啊！」

「對方可是兩人搭檔耶！」

「妳為什麼不重新加速啊！」

「而且對方還是6級跟5級耶！」

志帆子被她們兩人逼問之餘，朝自己的體力計量表瞥了一眼。顯示在虛擬角色名稱旁邊的等級，和Avocado一樣是5級。與對方搭檔之間有著壓倒性的戰力差距。然而——

志帆子甩了甩頭上戴的無邊軟帽，雙手牢牢扠腰，大喊：

「敏敏、小莓，聽好了！身為超頻連線者，一旦加速，唯一要做的就是一心一意對戰！」

「「…………」」

聖實與結芽以尷尬的表情不說話。志帆子朝她們兩人更加高聲宣言：

「要是妳們以為區區5級、6級的搭檔，就會讓我退縮，那就大錯特錯了！看我把他們兩個一起幹掉，大賺一票點數！」

「……不，巧克，妳又不是來對戰……」

但聖實這句話未能說完。

兩人的身影突然從她身前消失。因為有「上輩」或同軍團團員以外的對戰者，接近到半徑十公尺之內，讓系統強制移走了觀眾。

志帆子迅速轉過身去。

緊接著就看到有個人影，踏出了小小的漣漪，落到站前廣場的正中央。

這人身材苗條而修長，有著女性型的輪廓，整個身體纏著紅紫色的絲帶狀裝甲。兩邊腰上佩掛著類似大型小刀的武器，露出的只有一張嘴。

這個嘴唇上露出妖豔微笑的對戰虛擬角色，無疑就是Magenta Scissor。然而與先前遭遇時相比，她身上有著唯一一處差異。那就是附著在胸口正中央的漆黑眼球型強化外裝——ＩＳＳ套件並不存在。

她動了動紅唇，發出沙啞的嗓音：

「我才想說是誰跑到這種戰區來挑戰，這可不是隔壁的巧克小妹妹嗎？」

志帆子壓抑緊張的情緒，堅毅地反駁：

「很不巧，我的大本營已經不是世田谷第四戰區了呢。」

「哎呀，妳搬家啦？」

「不是！」

她深深吸一口氣，挺起胸膛報上名號。

「我現在可是黑暗星雲麾下的Chocolat Puppeteer！」

這句話一出口。

Magenta嘴唇上浮現的笑容淡去了幾分。

她從遮住整張臉，有著底片狀光澤的裝甲底下，發出尖銳的視線。

「……哦？所以妳是特地來打招呼，告訴我妳跳槽到其他軍團了？」

「嚴格說來不是跳槽呢。我們是解散了Petit Paquet，我和敏敏還有小莓，全都加入了黑暗星雲呢！」

志帆子這麼一說，Magenta的微笑就完全消失。志帆子不知道她笑容消失的理由，是在於生氣了、傻眼了，又或者是對志帆子的口氣覺得不耐煩了。

這個語尾加上「呢」的語氣，既不是故意塑造什麼形象，也不是心理戰。不知不覺間，她養成了一種習慣，就是以Chocolat Puppeteer身分出現時，無論如何都會變得只能用這種口氣說話。說得正確一點——也許該說是自從她養成了這種說話口氣以後，才開始能夠在加速世界處得自在，能夠發揮本領戰鬥。

儘管這件事不時會被聖實與結芽拿來取笑，但志帆子倒也不討厭這個自己。因為至少遠比待在現實世界的時候，更能自由地放膽說出想說的話。

沒錯——就是要說出來。說出今天之所以來到這個戰區的理由……之所以找Magenta Scissor挑戰的理由。

志帆子丹田用力，正要開口，Magenta卻早了一瞬間發出冷冷的說話聲：

「也就是說，妳是來警告我的了？妳要告訴我說，妳們三個已經是黑之團的團員，所以一旦對妳們出手，我也不會有好下場？」

「啥……？」

志帆子一時間說不出話來，稍後才握緊雙拳，用全身表達否定的意思。

「才……才不是呢，根本不是這樣！」

「那，妳是要來答禮的？是要為了ＩＳＳ套件的事，來找我算帳？」

「妳……妳愈說愈錯了，錯得離譜！」

志帆子以幾乎要把無邊軟帽甩下來似的動作用力搖頭，大喊：

「當然了，妳強行讓ＩＳＳ套件寄生在敏敏和小莓身上，還有想獵殺我們的朋友小克，這些事我沒辦法這麼簡單就忘記，可是……我聽Silver Crow說了。說在為了破壞ＩＳＳ套件本體的那一戰裡，妳最後也幫了Crow他們……」

聽到這幾句話，Magenta不愉快地嘴唇一歪。

「總覺得愈說愈誇張了。我那次不是幫Crow，只是想保護我的同伴。」

「就算是那樣，也沒有關係。只要有想保護同伴的心意……因為，這就表示你們和我們一樣，都是超頻連線者。」

志帆子說到這裡的瞬間——

Magenta Scissor的腳下，突然濺出有如水面爆炸似的飛沫。

Magenta強勁地一個跨步，一口氣拉近了距離。她那有如刀刃般鋒銳的銳利手刀，劃破水煙直逼志帆子的咽喉。

「…………！」

志帆子咬緊牙關，腰身一沉，同時扭轉上身。Magenta左手手刀的這一刺，嗤的一聲掠過她的脖子，繼續朝前挺去。這一下造成體力計量表微幅減少，讓她想先拉開距離，但在這個空間裡，萬萬不能貿然退後。

志帆子以雙手抓住Magenta的左手，牢牢踏穩水中的雙腳，以過肩摔的要領往後摔了過去。眼看這個身材修長的對戰虛擬角色，就要整個背往水面上摔去，但她靈活地在空中翻了個筋斗，做出完美的著地。

志帆子這時才總算退開，指著Magenta大喊：

「突然動手很危險……的呢！」

所幸Magenta轉過身來後並不追擊，但仍然透出露骨的敵意回答：

「這是對戰，危險是當然的。不過還真虧妳可以挺在原地閃過，讓我稍微嚇了一跳。」

「……我藹居在無限制空間的資歷可是很長的。即使對戰經驗少，對各種空間的攻略法可還背了不少呢。」

她一邊說話，一邊試探水面下的踏腳處。覆蓋「水域」空間的水雖然只有十公分高，但進行接近戰時，最棘手的就是這微妙的水深。很容易讓人忍不住忘記自己的腳踏在水裡，一旦貿然跳躍或奔跑，跌倒的機率就很高。行動時必須先壓低重心，牢牢穩住落腳處……這個訣竅，聖實是在和聖實她們以及小克玩捉迷藏或踩影子等遊戲而學會的。

相對的Magenta Scissor則不愧是6級玩家，對這個還挺稀有的空間似乎也很習慣。包括先前那一記手刀突刺的犀利在內，或許可以說她即使沒有ＩＳＳ套件，也仍是個相當有實力的強者。

正因如此，志帆子現在更不能平白打輸。

「……Magenta小姐，既然是我主動挑戰，我也不打算逃避對戰。只是……打完之後，我希望妳聽我說幾句話。」

她拋出這句話，Magenta的嘴唇就再度浮現出淺淺的笑容

「那妳可要好好加油，別被我打倒了。因為這場對戰一結束，我就打算立刻關掉全球網路連線。」

「——好。」

她點點頭，以堅毅的嗓音補上一句：

「請妳也不要太簡單就退場了……喔！」

這句話說完的同時，她猛力朝水面下的地面一蹬，讓腳尖在水面劃過，一口氣拉近距離。

Chocolat Puppeteer的裝甲，基本上只有外觀像是巧克力，並不會因日曬而融化或因衝擊而裂開，但仍具備了幾種以巧克力為準的性質。最大的特徵就是舔起來很甜，此外耐熱性雖差，卻頗能撥水。她就是靠著這種撥水性，才能在水域空間裡，把水的阻力減輕到某種程度。

志帆子一個衝刺逼向Magenta，嘩啦一聲劃破水面，使出一記左中段踢。

Magenta以過人的反應速度折疊起右手。志帆子照踢不誤，腳背往她的防禦架式上硬踢。鏗一聲響亮的聲響中，Magenta微微失去平衡。

「——呼！」

Magenta儘管腳步踉蹌，但仍在尖銳地呼氣聲中使出左鉤拳反擊。志帆子矮身躲過這一拳，順勢更往Magenta身上貼上去，雙手按住對方的頸子，左膝就往她的身上頂。一下，兩下——第三下！

Magenta的絲帶裝甲對打擊的抗性似乎不高，這連續三下膝踢，讓她的體力計量表減少了一成以上。

「嗚……」

Magenta也不認輸地回以左右拳擊，但由於她手臂較長，處在身體緊貼的狀態下，動作就會變成生硬。而且從上而下的打擊都會受到志帆子的大帽子阻礙，很難打到她臉上。要擺脫擒抱狀態，最確實的方法就是用雙手從對方手臂內側掙脫，再不然就是拚命往旁繞。但Magenta似乎沒有這麼深入的知識。志帆子黏著她不放，儘可能用打擊削減她的ＨＰ，掌握主導權。

就在志帆子打得Magenta的身體失去平衡，同時正要使出第四記膝踢的時候——

一股冰涼的戰慄，從她下腹部輕撫而過。

志帆子反射性地放開擒抱的雙手，推開對方的肩膀來拉開距離。接著就有一道銀色閃光由下而上，從兩人空出的縫隙間閃過。

冰冷的觸感從下腹部竄到胸口，深紅色的損傷特效隨即跟上。志帆子用眼角餘光，看清楚自己的體力計量表減少了五％左右，同時更加往後跳開一大步。

Magenta Scissor高高舉起的右手上，握著一把大型的小刀。就是這把從右腰間解下的同時尖銳揮出的刀刃尖端，輕而易舉地割開了志帆子的裝甲。

志帆子一邊反省自己不該跟和聖實對練時一樣，腦子裡只想著雙方都赤手空拳的格鬥戰，一邊默默擺好架式。

但Magenta慢慢放下右手的小刀後，卻面帶微笑對她說：

「……這可真讓我有點吃驚。我還以為妳是遠隔型，沒想到對格鬥戰還挺熟練的。妳是在哪裡練習的？」

「敏敏……Mint Mitten，在現實世界有定期去上教格鬥技的武館。她可是有我的一．三倍強呢。」

她話一出口，附近移動建築物上就傳來一句「這數字也太不上不下了吧～！」的喊聲，但她當作沒聽見。Magenta也不理會這聲呼喊，看著志帆子輕輕點頭。

「原來如此，所以這是妳花費現實中的時間而學到的技術了……那麼要是小看妳這技術，可就失禮了啊。」

Magenta用左手把左腰的小刀也解下，讓兩把武器高速旋轉，然後穩穩定住，擺出架式。

乍看之下像是小刀的二刀流，但其實不是。那是一件二合一的強化外裝，可以相互合體，構成她虛擬角色名稱由來的「剪刀」。而雙刃合體之後，才是Magenta實力的真髓所在——

但Magenta並未讓兩把小刀交錯，繼續說道：

「我要用這玩意兒，所以巧克小妹妹，妳也儘管召喚出來吧。召喚妳那看起來就很好吃的玩偶。」

「……不巧的是我的必殺技計量表還不夠。」

她嘴上這麼回答，實際上計量表已經累積到剛好足以叫出一隻「巧克人(Choper)」。但遺憾的是，她現在無法立刻召喚出來。

志帆子之所以會在一抽到水域空間的瞬間就喃喃說聲「糟糕……」，原因就在這裡。

這是因為召喚巧克人的前提條件——必殺技「可可湧泉(Cocoa Fountain)」，無法在水面上使用。也就是說，要叫出巧克人，就得先移動到乾燥的地方，但這個場地的大部分都被水淹沒。況且建築物幾乎都只有水泥骨架，沒有足夠的面積可以創造出可可噴泉。

也不知道Magenta是否已經察覺到志帆子的這種苦處，只見她仍然面帶淺笑，輕聲說：

「那，我就幫妳多累積點計量表吧。」

說著就將雙手小刀凶惡地亮出閃光，往前踏上一步。

就在這個時候——

填滿了站前廣場的水上，產生了一種不是風所造成的波紋。水面以一秒鐘一次的規律步調微微晃動。仔細一聽，還聽得見一聲聲啪啪作響的響亮水聲。

「…………哎呀……」

Magenta自言自語，垂下小刀往後退。志帆子小心翼翼地戒備著，跟著朝聲音傳來的方向看了一眼。

鄰接站前廣場的道路，不，應該說是水路上，有個從南方緩緩接近的輪廓。明明還有相當一段距離，但這個人影光是奔跑就讓水面晃動的理由，就是因為人影大得非同小可。要不是已經先有相關知識，也許她會錯以為這是不應該存在於正規對戰空間裡的公敵。

高度是兩公尺五十公分，寬度一公尺五十公分。裹在深綠色裝甲當中的身軀，完完全全是蛋形。

這個用粗短的雙腳掀起盛大的水花跑過來的，無疑就是Magenta的搭檔Avocado Avoider。

……這下可愈來愈難打了啊。

志帆子曾有過差點真的被Avocado吃掉的經驗，內心喃喃自語之餘，不由得一步步後退。

幾秒後，跑到廣場上的Avocado在Magenta身旁停下來，立刻發出極其低沉的嗓音大喊：

「抱歉，Magenta，我，來遲了！」

「沒關係啦，Avo。畢竟你待的地方是在戰區南側……而且反正這場對戰，我本來就打算一個人打。」

Magenta把指尖伸進圓圈狀的小刀握柄——說得精確點，是剪刀的指孔——轉著小刀這麼一回答，Avocado就整個人左右搖動。

「我不要！我也……我也要，一起打！」

「哎呀，是這樣啊？可是，對手只有一個5級耶。我們5級搭配6級的搭檔去攻擊她，不就會變成在欺負弱者嗎？」

——用不著妳費心呢！

志帆子正要呼喊，但才說到「用不」兩字，就被Avocado的大聲呼喊蓋了過去。

「……那，我一個人跟Choco打！」

他這麼一說完，讓存在於蛋形身軀上的一雙小小鏡頭眼亮出黃色的光芒，重重踏上一步。

Magenta一副拿他沒轍的樣子聳了聳肩，對志帆子說：

「巧克小妹妹，不好意思，可以請妳陪Avo玩玩嗎？他似乎一直很期待跟妳打一場。」

「…………沒……沒問題呢。」

她嘴上這麼回答，內心卻不得不暗暗叫苦。

雖然得滿足召喚出巧克人這個條件，但Chocolat Puppeteer對上Magenta Scissor，卻頗為有利。因為巧克力製玩偶巧克人，幾乎可以讓Magenta的刀刃攻擊變得幾乎完全無效。

然而對上Avocado Avoider，則可說是不利到了極點。Avocado的軟裝甲幾乎能讓所有物理攻擊失效，而且他的一張大嘴，更是大得幾乎能把最怕「撕咬攻擊」的巧克人一口吞下。唯一想得到的戰法，就是多打幾下，打掉他的軟裝甲，把裡頭的虛擬人體給拖出來。但真要說起來，現在根本就找不到足夠的地面來召喚巧克人。

然而要是現在打輸，就會無法達成和Magenta說話的主要目的。

無論等級、場地屬性，還是與對手的相剋關係，肯定都處於嚴峻的狀況。但她非得把這些不利扭轉過來，奮勇作戰不可——即使無法獲勝，也非得以黑暗星雲團員，以及熱愛加速世界的超頻連線者的立場，展現出足以讓Magenta認同的決心不可。

「好……放馬過來吧，Avocado Avoider！」

志帆子擺出泰國拳的架式，大聲呼喊。

Avocado也有所反應，舉起短短的雙手喊了回來：

「我……上次，想吃掉Choco！可是，今天……我要好好打贏！」

他發出唔喔喔喔一聲大吼，筆直衝了過來。這個超重量級的虛擬角色每次踏上地面，都會激起噴泉般的水柱。

這一瞬間——

志帆子腦中無數斷斷續續的念頭，應聲拼裝成形。

大約在十天前，和Silver Crow的那場對戰裡，他就以三次元的方式掌握好場地地形，用令人意想不到的方法打倒了志帆子。當然Chocolat Puppeteer並沒有飛行能力，但應該能夠做到同樣的方法。

要達成這個目的，體力計量表的剩餘量就必須凌駕在Avocado之上。

志帆子站在原地，迎向猛然衝了過來的巨大蛋形身體。

「嘟哇啊啊——！」

Avocado隨著大喊聲攤開雙手一跳。用有著厚重裝甲保護的重量級身體壓扁敵人，就是他的基本戰術。這招雖然單純，卻很難加以反制。但如果對方從一開始就四處逃竄，就會浪費掉寶貴的時間。

「喝呀！」

志帆子大喊一聲，往Avocado的正下方果敢地來上一記滑壘。她就像在水面上滑動似的，從在千鈞一髮之際直逼而來的巨大身軀下溜了過去，從他身後穿出。

嘩啦一聲盛大的水聲響起，濺出大量的飛沫。志帆子任由水滴灑在身上，轉過身去，撲向正要站起的Avocado。

這是絕佳的反擊良機，但若胡亂拳打腳踢，也只會被軟裝甲吸收，無法造成損傷。而且他的雙手雙腳都顯得又短又壯，就算施展關節技，多半也是白費力氣。

要看準弱點，送上卯足全力的一擊，還要命中裝甲內的虛擬人體。

以前目擊到的Avocado「本體」，直徑只有五十公分。而這個本體埋在直徑一百五十公分的身軀正中央。也就是說，要對本體造成損傷，就得穿透厚達五十公分的裝甲。

志帆子的師父聖實所上的武館，練的是所謂綜合格鬥技（MMA），但打擊方面則是以泰國拳為基礎。當然志帆子跟著學到的也是這一套，但聖實勉強答應讓她用在實戰的招式，只有左中段踢、左刺拳與右直拳。然而她在無限制中立空間所給予的那種近乎無限的時間裡，把這些招式反覆練習了幾乎無限的次數，讓她對此有著小小的自信。就連上次對上Silver Crow的那一戰裡，如果只看地上的格鬥戰，她也曾有過像是掌握住了主導權的瞬間。

聖實教她的右直拳訣竅。

左腳重重踏穩，右腳踝用力一扭，右腰順暢地一轉，把這股扭力和體重整個放上去，再當作要從右肩發射大砲似的，直線打出去！

志帆子忠實遵守這段有太多形容詞的教誨而使出的右直拳，深深打進了正要站起的Avocado背上。

他的裝甲有著像是第一次發酵過的麵糰會有的黏性與彈性，纏住了拳頭試圖往外推。但Chocolat Puppeteer那有著鐵氟龍塗層的高平滑裝甲與小小的拳頭，穿透了軟裝甲，打進了虛擬人體。

儘管手上傳來的感覺不像打到，比較像是按到，但這酪梨Avocado的種子，不，應該說本體，防禦力似乎趨近於零，只見他的體力計量表減少了一成以上。只要一抽手傷口就會立刻補起，所以志帆子放棄追擊，拉開距離。

「這樣就逆轉了呢，Avocado！」

她用這句偽裝成挑釁的台詞，先讓對方意識到敵我雙方體力計量表的狀況，然後轉過身去。她要跑去的地方，是鄰接廣場的車站大樓。這時身後傳來叫聲：

「我……不會輸……！」

在喊聲中起身的Avocado猛然追了上來。

這棟建築物只有骨架，但有著符合志帆子記憶的樓梯。她跳上樓梯，往最上層前進。

Avocado也踏著撼動整棟大樓的腳步往上跑。

屋頂是呈格子狀，滿是空洞的平面。在離得大老遠的角落，可以看見聖實與結芽的身影。

志帆子擺出握拳姿勢，回應送來聲援的她們兩人，並在格子上往廣場方向跑。

「Choco，妳別想跑……！」

從樓梯現身的Avocado，也發出低吼聲，莽撞地追了過來。他踩空了兩三次，但由於自己的身體比一格格的洞還大，也就不至於摔下去，跌跌撞撞地追趕志帆子。

車站大樓屋頂的高度約有十五公尺。雖說底下是水面，但水深很淺，如果Chocolat Puppeteer

摔下去，應該無法不受損傷。相對的Avocado即使摔下去，多半也能靠著厚實的軟裝甲而不受損傷。所以他才會毫不猶豫地追過來。

「……放馬過來啊，Avocado Avoider！」

志帆在站在屋頂北端一條寬約三十公分的骨架上，把往前伸出的左手手指前後動了動。

「我……會贏！」

Avocado做出簡潔的宣言，攤開雙手往前衝刺。相信他的盤算，是要抓住志帆子一起摔下去。這次他的正下方沒有縫隙可以鑽，而且加上雙手後，寬度更將近三公尺，所以要等他快要撲到時才往左右閃避，也是很困難的。

但志帆子這次也冷靜地等著Avocado撲上來。

蛋形的巨大身軀鋪天蓋地而來。耳中聽見聖實與結芽呼喊「快躲啊！」。

可是還不行……還要再引他更接近。眼看志帆子無從閃躲，Avocado也接近到再也停不下來的間距，就在這一瞬間……

「現在……！」

志帆子抓準了時機，往後一跳。

她的身後當然沒有地方落腳。志帆子的身體開始無聲無息地落下。如果就這麼摔到地面上，免不了要受到重大傷害，但她用雙手攀住從眼前掠過的骨架邊緣，並利用反作用力，將雙腳往前邊，以轉體向上的要領，把身體從格子的縫隙間往上翻。

雙腳所向之處，正好就是Avocado的背。她用腳尖用力一推，重量級虛擬角色就從屋頂上飛了出去。

「我，掉下去！」

他一板一眼地宣告完，才從志帆子的視野中消失。

志帆子再度爬上建築物骨架，凝視往下摔的Avocado。

一秒鐘後，巨大的身軀重重摔在廣場的水面上，掀起了規模驚天動地的飛沫。他的一身軟裝甲壓得扁平，但就如志帆子所料，大部分的衝擊似乎都被吸收，Avocado幾乎並未受到損傷。

但志帆子要的正是這個狀況——正是這一瞬間。

Avocado摔下的衝擊把水掀開，露出的磁磚地面直徑足足有十公尺。當然這些露出的部分，立刻又會被水淹過，但只要有幾秒鐘就夠了。

志帆子高高舉起右手，用食指指向「乾的地面」，大喊：

「——『可可湧泉』！」

一道有光澤的焦茶色噴泉從Avocado身邊湧出。接著她讓手指往上一掀，又喊了一聲：

「再接……『創造傀儡（Puppet Make）』！」

泉水瞬間縮小，從中央跳出一個巧克力製的人影。志帆子對這個臉上有著花朵狀紋路的自動傀儡下令：

「巧克人！你留在原地專心閃躲！」

這時Avocado總算站了起來。他一注意到就在自己身邊擺好架式的巧克人，就伸出雙手，張開巨大的嘴，大喊：

「我……吃巧克力……！」

巧可人只有打擊類攻擊，沒有任何手段能對Avocado造成損傷。相對的Avocado Avoider有著一張聽說「內部充滿虛無」的大嘴，能夠把巧克人整個吞下去。

因此志帆子才命令巧克人只閃不攻，但想來躲也躲不了太久。然而……只要能把Avocado的注意引開二十秒……不，只要十秒就夠了。

她從高度十五公尺的屋頂，凝視想捉住巧克人的Avocado。

即使是在加速世界，坦白說還是很嚇人。她從不曾憑自己的意志，從這麼高的地方往下跳。然而，被人從高了好幾倍的地方丟下去的經驗，她卻是有的。當時志帆子就學到了一件事，那就是這種從高處往下降而產生的大量動能，危險得有可能害自己當場斃命，但同時也有可能變成威力強大的武器。

下次就去拜託Silver Crow，請他把自己帶到能夠上升的高度上限吧。

志帆子一邊想著這樣的念頭，一邊從水泥骨架上縱身一跳。

她以雙手控制姿勢，同時將挺直腳尖的右腳伸得筆直。眼底可以看見Avocado終於成功捉住巧克人，正要張開大嘴咬下去。

Magenta Scissor先前一直在廣場的角落靜觀，這時忽然聽見她發出尖銳的呼喝聲：

「Avo，上面！」

他們是搭檔，所以出聲示警並不算違反對戰禮儀。然而，這一聲喊得已經遲了。

「啊嘎……？」

Avocado Avoider發出怪聲，仰頭想望上空看去。

幾乎就在同時，志帆子的右腳已經朝蛋形虛擬角色的頭頂穿了進去。

Avocado的軟裝甲，連Silver Crow卯足全力的「螺旋踢」都擋了下來，Chocolat Puppeteer纖細而少有凹凸又滑溜的腳，卻深深穿了進去，讓腳尖碰到了藏在深處的本體。這次腳上傳來了確切的衝擊感，讓Avocado的體力計量表一口氣減少了足足兩成。

「痛……痛啊——！」

Avocado發出慘叫，放開巧克人，伸手想去抓一腳插進他頭頂的志帆子。但他的手太短，摸不到頭頂。相對的志帆子則抗拒著軟裝甲想把她的腳推回去而進行的蠕動，用腳尖往他的本體一直挖。

「來，趕快投降！不然我可要弄得你更痛了！」

……總覺得「這種語氣講這種台詞」有點討厭啊。

志帆子一邊想著這個念頭一邊喊話。Avocado則胡亂掙扎，表現出令人意外的倔強。

「我……我不要！我……還要再跟Choco打……」

「──那就沒辦法了呢！」

志帆子狠下心，灌注全力，正要一腳踢碎Avocado的本體時……

「Avo，到此為止！」

這句大聲的呼喊，尖銳地響徹整個廣場。

喊話的人是Magenta Scissor。她將小刀掛回兩邊腰間，雙手抱胸走來。Avocado一動也不動，維持被志帆子插在頭上的狀態垂頭喪氣。

「……是我，輸了……」

他這麼一宣告，就當場癱坐下來，所以志帆子也拔出右腳，從他頭頂跳了下來。

對戰時間還剩下一半左右。志帆子和好不容易才召喚出來的王牌巧克人一起後退，注視走來的Magenta。儘管對上Avocado這邊，是勉強爭取到了系統判定勝利的戰績，但Magenta則幾乎沒受什麼傷。接下來才是對戰的重頭戲──

她是這麼以為。

但Magenta在Avocado身旁停下腳步後，拍了拍他還凹陷的頭頂附近，用口氣冷漠但蘊含關心的聲調說：

「Avo，你很努力了。這次是巧克小妹妹技高一籌，但下次你會做得更好的。」

「下次……………」

Avocado坐著不動，以蛋形身體的屁股為支點，轉過身來。

「……Choco，妳，還會來嗎？」

「呃……呃……」

志帆子不由得支支吾吾起來，但被他用一雙小小的鏡頭眼這樣凝視，就愈想愈覺得不能不理他。她先清了清嗓子，然後雙手扠腰回答：

「也……也好，要是我哪天心血來潮，要我來也行的呢。」

Avocado Avoider聽了後，用力揮動雙手，大聲喊叫：

「太棒啦！我，下次一定要吃……不是，是要打贏！」

Magenta Scissor看到他這樣，一瞬間露出透明的微笑，但隨即又轉為挑釁的笑容，看了志帆子一眼。

「好了……巧克小妹妹，妳要怎麼辦呢？要跟我繼續對戰？還是要說說看妳所謂要跟我說的話？」

身為超頻連線者，被問到這種問題，也許就應該回答：「當然是對戰！」但對方還留有不少餘力，而且既然Magenta有心聽她說話，那就非得活用這個機會不可。

「……那，就請聽我說幾句話。」

志帆子這麼一回答，Magenta就右手一攤，要她儘管說。

志帆子踏上一步，深深吸一口氣——但就在這時，她的喉嚨卻像被糨糊阻塞住了似的。她趕緊想開口，卻頻頻痙攣，發不出聲音。

虛擬世界的虛擬角色，不可能會做出非隨意運動。萎縮的不是身體，而是靈魂。沒錯，Chocolat Puppeteer那高高在上的口氣，是用來掩飾自身膽小的面具。

志帆子最怕惹人生氣。她在學校裡屏氣凝神地不讓自己受人注意，一察覺到有可能演變成糾紛的跡象就立刻退讓。不管在誰面前都口是心非地陪笑，即使氣惱也絕對不表現在態度之中。即使面對親生父母，也養成了多方預判狀況來避免被罵的習慣。她自認只有在面對聖實和結芽時，才解放了真正的自己，但說不定也可能只是她自己這麼認為。

志帆子對她們兩人說，塑造出對戰虛擬角色「Chocolat Puppeteer」的精神創傷，是她從小就有的可可過敏症，自己也有九成相信。

可是，說不定，這種有著巧克力香氣、質感與滋味的裝甲，是「不要討厭我」這種念頭的體現。也許是現實世界中的志帆子一直戴著的陪笑面具，在加速世界中塑造出了這個糖果虛擬角色。

如果真是如此，那麼要為這個虛擬角色戴上高高在上而充滿敵意的面具，才總算能夠自由表達自我，實在是一大諷刺。不，還是說，其實她只是和待在現實世界時一樣在演戲？即使來到這個世界，也一直在扼殺自己？「真正的自己」，到底是什麼呢……

「……Magenta小姐。」

志帆子動起不知不覺間已經不再僵硬的嘴，叫出過去的仇敵名字。

「本小姐……我，其實，不太喜歡對戰。」

Magenta注視著她。志帆子承受著從她那看不見的鏡頭眼所發出的強烈視線，甚至並未自覺到已經變回現實世界的說話口氣，繼續說道：

「我一直覺得，只要能在這個和現實世界分隔開來的世界裡，和朋友一起親密又開心地過下去，那就夠了。可是……BRAIN BURST是一款對戰遊戲，所以終究沒有辦法永遠逃避戰鬥。為了待在這個世界，非得挺身而戰的時候一定會來臨。到了最近，我開始覺得讓我知道這件事的，就是Magenta你們……」

「……妳這話可真夠天真。」

Magenta嘴唇一歪，露出冰冷的聲音。

「妳們為了升上5級，應該也打過很多次對戰吧？在這過程當中，從其他超頻連線者身上搶走了很多的點數。我不是說這樣不對……剛才妳也讓我見識到了，妳很強，腦筋又好。強者生存……這就是加速世界——可是，忘了妳們這一路走來所踐踏的超頻連線者，講什麼親密開心，開什麼玩笑？」

Magenta Scissor這番話裡所蘊含的怒氣，撕裂了志帆子的心，帶來了強烈的痛楚。然而，人與人互相說出真心話，其中會產生怒氣……產生痛楚，是理所當然的。一直避免這種衝突，就傳達不了自己的心意。

「妳說得對。我過去，都只想著我們自己，一直覺得只要我們過得開心，那就夠了。可是，遇到了Magenta你們，還有Crow他們，我終於懂了。懂得我既然被賦予了用來戰鬥的力量，等到該挺身而戰的時候來了，就非得挺身而戰不可。為了繼續當超頻連線者……為了保護想保護的東西。這種心意……Magenta妳應該也一樣吧？」

志帆子這麼一問，Magenta的嘴唇就緊緊抿起。

她舉起指甲尖銳的右手，伸向絲帶裝甲下的胸口，做出抓的動作。抓向以前寄生了漆黑眼球的部位。

「…………這個扭曲的世界，沒有任何我想保護的東西。如果要找想毀掉的東西，倒是多得數不清。」

Magenta以冰冷的嗓音撂下這幾句話。

志帆子同樣手按胸口，大喊：

「妳騙人！至少，妳應該就想保護Avocado！所以妳才會尋求力量，不是嗎！」

「妳懂什麼……！妳得到了這麼人見人愛的虛擬角色，還有這麼強的特殊能力，妳懂什麼！」

「我懂！因為我也好喜歡敏敏和小莓！妳心中肯定也有著這樣的心意！」

「妳要是還想再說一句這種無聊的話……！」

Magenta左手一閃，抓住小刀的握柄。

但這一瞬間，Avocado Avoider從他巨大的口中，發出大得無與倫比的聲音：

「我……喜歡Magenta！」

這個蛋形對戰虛擬角色，從他小小的鏡頭眼流出大得驚人的淚滴，繼續呼喊：

「也喜歡Choco……喜歡Crow……所以想打！想再跟你們打，變強，跟你們交朋友！」

「…………Avo…………」

Magenta Scissor以壓低的聲音呼喚搭檔的名字，逐漸放鬆身上的力道。她以放開小刀的左手，輕撫Avocado的裝甲，然後抬起頭，看了志帆子一眼，用怒氣已經淡去的嗓音問她：

「……Chocolat Puppeteer，妳……要我們怎麼樣？」

志帆子把右手疊在放在胸前的左手上，這麼說道：

「——我希望你們跟我們……跟黑暗星雲一起，對抗加速研究社！」

10

「臭烏鴉……不，Silver Crow！」

騎著大型美式機車的骷髏頭騎士，伸直了握拳的左手大喊。

「今天我就要把我們的對決來個The End！」

「正合我意，Ash兄！……不，是Ash Roller！」

春雪等著從排氣管噴出排氣火焰衝來的機車，自己也伸出右拳大喊。

「我們就來做個了斷吧……就在第一學期結束的這一天！」

二〇四七年七月二十日，星期六，上午七點五十分。

南北向縱貫杉並第三戰區的環狀七號線上，今天也在進行慣例的「Ash對Crow戰」。

這一天非常重要，下午有著與日珥之間的軍團合併會議，傍晚後更終於要遠征到港區第三戰區，與震盪宇宙進行決戰。儘管想到至少這一天，是否該把和Ash Roller之間的定期對戰取消——但說什麼也不能讓震盪宇宙方面猜到他們要進攻領土的行動。春雪改變了心意，認為應該避免「和平常不一樣」，所以接受了Ash Roller的挑戰。

一旦開始對戰，時間轉眼間就過去，剩下五分鐘時，雙方都已經處在剩餘體力只有一成的狀況。在幾秒鐘後的交錯中，能對對手造成重大損傷的一方就會獲勝。

只是話說回來，由於雙方都已經把必殺技計量表耗盡，也就只能使用普通攻擊。這樣一來，比較有利的就會是有著「V型雙汽缸拳」這種獨力開發特殊招式的Ash。

「大爺我要上啦——————！」

Ash一邊在世紀末場地中龜裂的幹線道路上疾駛，一邊大吼。

「超！必殺！MaxV型雙汽缸拳～～～～～！」

他在喝呀一聲喊聲中跳起，站到機車座位上。接著他右腳放上節流閥、左腳踏在後座上，就像衝浪似的駕馭這匹鐵馬。

等到與春雪之間的距離縮短到三十公尺左右，Ash就靈活地動起腳尖，將前煞車一瞬間開到最大。同時讓後輪來個強力甩尾，讓機車高速水平轉向。整輛機車在馬路上劃出螺旋狀的火焰，挾帶龐大的動能撲向春雪。

只要一碰到這雙重旋轉的輪胎，保證會讓春雪剩下寥寥無幾的體力計量表瞬間消失。上次Ash使出這個大招時，春雪就試圖用朝正上方跳躍方式來閃避，但Ash卻從迴轉狀態，使出連人帶車倒立的「折疊刀斷頭臺」這種離譜的招式來對應。當時春雪就被後輪往肚子上磨了一道，足足被削減了一成以上的計量表，所以他不能再用同樣的方式來閃避。但話說回來，即使往左右閃避，機車應該也能輕鬆跟上。

「喔喔，這下要分出勝負了嗎？」

「飛不起來的烏鴉就只是普通的烏鴉啊！」

「普通的烏鴉應該會飛吧？」

春雪聽著從路旁建築物下來的觀眾們吆喝，拚命思索。

往前當然不行。上下左右也都行不通。那麼剩下的方向就只有往後。可是躲完剩下的時間來拚平手，相信稱不上是適合第一學期最後一場Ash對Crow戰的結尾。

不，就是只想著跑，才會弄得束手無策。愈是陷入困境，愈要頂住壓力向前進。換做是黑雪公主或楓子，應該就會這麼做。

「────上啊！」

春雪牢牢注視化為火焰陀螺的美式機車，蹬地而起。他不是往前，往上，也不是往旁，往後，而是衝向右前方。

「沒用沒用沒用的啦────！」

Ash修正衝刺的軌道，一邊往左旋轉，一邊來個左迴旋，要將春雪撞開。

「唔喔喔喔喔……！」

春雪感受著火花濺到裝甲上的感覺，一邊全力奔跑。他配合機車的旋轉，往左再往左。由於必殺技計量表已經耗盡，也就無法飛行，但他拿張開的翅膀當成舵，劃著圓不斷飛奔。

「唔喔喔喔喔……Terra Powerrrrr……！」

Ash將油門開到最大，讓V型雙汽缸引擎發出怒吼，更加快了機車旋轉的速度。而春雪就以前所未有的速度，在機車周圍不斷衝刺。

——要快……要更快……！

愈是在心中唸誦，Silver Crow的速度就愈是上升，白熾的雙腳裝甲灑出光點。這些光點隨即形成一個半徑七公尺的白色圓圈，和機車後輪噴出的紅色火焰形成雙重的同心圓。

……說起來，在正常的對戰裡，我也許已經很久沒有跑得這麼認真了。

春雪一邊預感到分出勝負的瞬間已經近了，一邊忽然想到這樣的念頭。

這陣子他只顧著注意飛行時的速度，變得不再去意識到對戰最基本的地上移動。然而，不知不覺間，Silver Crow已經變得能跑得這麼快了。

就別再借用系統的力量，去追求更快的速度了吧。以後只要往自己的心中……往對戰虛擬角色的身體當中去找，就可以了。

「喔……喔喔喔喔喔——————！」

春雪大吼一聲，把奔跑的速度更往上提升。

當Silver Crow的奔行速度，凌駕Ash Roller旋轉速度的那一瞬間，一直承受巨大力量的機車前又當場折成兩截。

引擎重重撞在地上，緊接著就是一陣大爆炸。

Ash Roller被炸得飛起，朝夜空直線上升的同時，還不忘大喊：

「我們的戰鬥！Eternal才剛要開始呢——————！」

接著他就像煙火一樣，灑出華麗的粒子而爆碎四散。

春雪結束對戰，在橫跨環狀七號線的天橋上覺醒過來，為了等待Ash Roller的「本尊」所搭的巴士而留在原地。

幾十秒後，從南方開來的一輛ＥＶ公車，停在眼底右側的站牌，讓幾名乘客上車後，靜靜地開走。春雪為了目送公車從天橋下開過而準備轉身，卻注意到公車離開後，留在公車站的一個人影，趕緊又轉回來。

這個朝春雪揮手的人，是個制服為短袖女用襯衫，袖口與裙子繡有相同格紋的女生。不用去看她那頭微微捲翹的短髮，春雪也知道她就是幾分鐘前才跟他打過的世紀末機車騎士的妹妹日下部綸。

綸用雙手制止想下天橋的春雪，跑上樓梯後，露出燦爛的笑容朝他一鞠躬。

「早安，有田同學。」

「早啊，日下部同學。」

春雪也先回禮，然後才微微歪了歪頭。

「今天是怎麼啦？」

「是……這個，呃……」

綸吞吞吐吐看了看時間後，用過意不去的表情說：

「不好意思……在上學前叫住你，可以……聊一下嗎？」

「嗯……嗯，當然可以了。」

春雪回答完，趕緊看看四周。天橋上行人不多，但終究是有，想來似乎不適合談隱密的事情。

「對不起……我得搭上十分鐘後的公車才行，所以就在這裡……」

綸小聲這麼說完，就從書包裡拿出一個小小的圓盤狀物體。春雪想知道那是什麼，注視了好一會兒，才總算注意到那是有捲線器的ＸＳＢ傳輸線。

「咦，可是，這個……」

春雪還在吞吞吐吐，綸就從線捲上拉出小小的接頭，插上自己的神經連結裝置。然後紅著臉，將另一個接頭遞向春雪。

在公共場所直連的男女就是在交往，直連的線愈短就表示關係愈親密——這樣的習慣，在用最新款神經連結裝置拚命工作的成年人之間，已經漸漸被說是「意識太落後」；但至少在國高中生族群之間，這種習慣尚未退流行。然而最長可以拉到一公尺，最短只有五公分的可變長度線捲式傳輸線又該怎麼算呢……春雪一邊想著這樣的念頭，一邊把接頭插上神經連結裝置。

直連警告剛消失，腦袋正中央就響起綸的思考發聲。

『這個，對不起……在這種地方。因為我有很重要的事要說……』

『不……不會，我完全……』

春雪想到，回答完全不放在心上似乎也不太好，不由得一句話說得無疾而終。結果綸微微一笑，稍微縮短了距離。在兩人之間擺盪的粉綠色線捲，在夏日的朝陽下照得閃閃發光。

『那……那妳說的，重要的事情是？』

春雪事到如今才一顆心心上八下地問起，綸就直視春雪，發出更為正經的聲音說：

『其實……是哥哥，有話，要我轉告……有田同學……』

『傳……傳話？Ash兄要妳傳話？』

春雪差點忍不住用喉嚨喊出聲音，趕緊先閉上嘴，然後才在腦中發聲。

『……剛才對戰的時候直接講不就好了……』

『他說……GIGA不好意思。』

『……這……這樣啊……——那，他要妳轉達什麼話……？』

春雪這麼一問，綸就用右手輕輕摸了摸脖子上的神經連結裝置。

這個金屬灰的外殼上有著閃電狀裂痕的裝置，本來不是她的。而是屬於綸的親生哥哥日下部輪太。他參加機車賽時發生意外，在澀谷區的醫院裡昏睡了足足兩年。

也不知道是出於什麼樣的運作邏輯，綸只有佩帶哥哥的神經連結裝置時，能夠化為超頻連線者「Ash Roller」連進加速世界。綸說加速時，是由哥哥輪太應戰，她自己則像是從機車的後座觀戰，但並不確定實際上到底是輪太的靈魂從醫院傳輸過來，還是這個輪太只是綸的第二人格。

唯一可以肯定的，就是輪太（Ash）溺愛妹妹綸，無論春雪是太接近綸，還是離綸太遠，他都會激怒。今天的這次直連，Ash肯定也會記得清清楚楚，下次對戰時肯定又會被他拿來唸。

只是話說回來，春雪和綸從明天起就放暑假，每週二、四、六的Ash對Crow戰，也將暫時宣告停辦──

春雪想到這裡，忽然發現一件事，問說：

『啊……Ash兄要妳代轉的話，是暑假的事嗎？例如要決定好星期幾的幾點來打定期對戰？』

『不，並不是這件事……啊，如果你願意這麼做，我是很高興……啊，不，我不是要說這個……』

綸再度臉頰微微泛紅，傳來這樣的思念後，用力搖了搖頭，恢復了原來的表情。

『——他要我傳的話，是跟今天的……領土戰爭有關。』

『…………！』

春雪不由得瞪大眼睛。

Ash Roller參加了上個星期天進行的那場與綠之團之間的模擬領土戰爭，因次他對於黑暗星雲要進攻港區第三戰區的消息是知情的。但他有什麼事情要等到當天才說呢？

『啊……Ash兄，說了什麼……？』

『呃……』

綸一瞬間住了口，不，應該說是停住了思念，然後又拉近了五公分左右的距離。她衣襬外露的上衣搖動，散發出甜蜜的香氣。

春雪當然不由自主地一顆心七上八下，但聽到她的下一句話，這種心情立刻被拋到九霄雲外去。

『……這個，哥哥他說，希望能讓他參加領土戰爭前的軍團會議……』

『咦……？』

『說得精確一點，不是只有哥哥……還有小猴，跟橄欖……』

『咦咦……？』

所謂的軍團會議，就是和日珥的合併會議吧……春雪嚇得退縮，同時在腦海中回想Ash Roller、Bush Utan與Olive Glove他們所組成的三人團隊「Rough Valley Rollers」的英姿。

按照計畫，今天上午結業典禮結束後，包括楓子、謠與Chocolat她們在內的軍團成員，全都會到春雪家集合。所幸翌日就是都立大賽的劍道社，今天也只有開會，拓武也說一點左右就可以來會合。

大家一起吃完飯後，從兩點開始，就要進行與日珥之間的軍團合併會議。日珥領土所在的中野第一戰區，與黑暗星雲領土杉並第一戰區的界線附近，有著一棟大型商業設施「中野中央公園」。眾人就要在關掉全球網路連線的狀態下去到那裡，只連上購物商場的館內區域網路。首先查看對戰名單，確定除了事先商議好的雙方出席成員以外，沒有別的超頻連線者存在之後，再由Sky Raker與Blood Leopard開啟對戰，其他會議出席者則以觀眾身分連進去。

也就是說，只要請綸和Utan他們也來到購物商場，是能夠讓他們參加會議，但現在才要求追加預定出席者，而且還是長城的團員，恐怕會讓日珥方面的人戒心更重——

春雪一瞬間想到這裡，忽然注意到一件事，對綸問起：

『請問一下，Ash兄說想參加的會議，是指……？』

『呃……是領土戰前，黑暗星雲的會議……』

『是……是這邊啊……』

春雪鬆了一口氣，綸就露出不可思議的表情眨了眨眼。仔細想想，軍團合併這件事是昨天才決定的，綸和Ash當然都不可能會知道。

『抱歉抱歉，我有點誤會……呃，關於會議，不是用完全潛行或在對戰空間進行，是說好要在現實世界開會……』

『啊，這麼說來，是很難參加了……吧。』

綸微微垂下頭，讓春雪趕緊補充幾句：

『這個，如果只有妳來，我想應該不要緊。畢竟妳跟大家都見過幾次了。』

『謝謝你，有田同學……只是，如果只有我去，也許就沒有辦法達到哥哥的目的了。』

『這樣啊……Ash兄的目的是……？』

春雪問得不經意，但綸微微遲疑後說出的話卻充滿了震撼力，如果身在加速世界，即使春雪當場跳起一公尺，翻過天橋的欄杆，倒頭就往馬路上栽去，也沒什麼稀奇。

『……………哥哥他……為了參加今天的領土戰爭，說想和小猴、橄欖一起暫時退出長城，加入黑暗星雲……………』

「……………………妳……妳說什麼～～～～～～!?」

春雪用喉嚨大喊出聲，讓路過的上班族以疑惑的表情看了過來。

從早上九點開始的結業典禮，依序進行教務主任開幕致詞、校長致詞，表揚社團活動成績、學生會進行活動報告，宣導各種暑假相關事宜，教務主任閉幕致詞，最後在九點五十分結束。千百合與拓武也都上台領取地區大賽的獎狀——獎狀就終究還是用真正的紙張做的——春雪對他們兩人全力鼓掌。

之後在各班教室開長班會，級任導師菅野發下了聯絡簿。聯絡簿則是數位資料，平常要點開來看，都得消耗相當多的精神能量，但也因為本學期的考試分數還算不錯，讓春雪不用太緊張，就能打開檔案來看。

除了體育以外，各科目的評分都有一定程度的上升，但春雪最開心的，卻是聯絡事項欄裡針對他在飼育委員會的活動所寫的評語。春雪重新下定決心，心想暑假期間也要好好照顧小咕，同時關掉聯絡簿視窗，心焦地聽著導師講些「二年級生的暑假是很重要的事情」等千篇一律的訓示。

這漫長的訓話一直進行到長班會的結束時間，最後以「那麼各位同學，第二學期也要讓老師看到你們有精神的臉孔啊！」這種有點熱血過頭的台詞收尾。接著鐘聲響起，菅野的身影一離開，充滿解放感的空氣就瀰漫在整間教室當中。

春雪聽著班上同學們的嬉戲聲與椅腳碰地聲，坐在自己的座位上，把空氣深深吸滿整個胸腔，然後慢慢呼出。

二年級生的第一學期，真的發生了很多事情。四月時，以一年級新生身分出現在春雪面前的Dusk Taker能美征二，在加速世界與現實世界都逼得他走陷入令人絕望的逆境時，他真心覺得自己的未來已經落入無邊的黑暗當中。

但在仁子、楓子、千百合、拓武，以及黑雪公主的幫助下，在對抗能美的艱辛戰鬥中驚險地贏得勝利。到了六月上旬，赫密斯之索上線，經過一場有人大鬧的賽車，楓子回歸了軍團。

六月中旬，春雪挾著這個勢頭，又或者是一時沖昏了頭，報名參加飼育委員會，甚至還接下了委員長的職務，一時間真不知道會鬧成什麼樣子，但也多虧這件事，讓他認識了小咕與謠。為了把謠從無限EK狀態中救出而衝進禁城，在裡頭遇見了Trilead Tetraoxide，約好要再次見面。

後來，ISS套件事件進行得如火如荼之際，他還成了第六代Chrome Disaster，但多虧日下部綸捨身攔住他，讓他勉強找回了自己，最後並靠謠的淨化能力幫助，解開了災禍之鎧的詛咒，成功封印了「The Destiny」與「Star Caster」。

六月下旬則認識了Wolfram Cerberus與Chocolat Puppeteer等人，月底的校慶當天還接連進行了Aqua Current救出作戰、大天使梅丹佐攻略作戰，以及把被綁架到加速研究社的仁子奪還的作戰。到了校慶即將結束之際，還發生了白之王White Cosmos現身，甚至承認自己就是加速研究社社長的場面。

進入七月之後，也受生澤真優之邀，要他一起參加學生會選舉，還進行了與綠之團之間的模擬領土戰爭，更有「四大元素」的最後一人Graphite Edge現身，Petit Paquet的三人加入黑暗星雲等各式各樣的事情發生。到了兩天前，春雪與楓子一起再度闖進禁城，與Trilead重逢，回來後又聽仁子與Pard小姐提起軍團合併的事情……到了今天，終於就要與白之團「震盪宇宙」展開決戰。

說是決戰，但其實就BRAIN BURST的系統上而言，與平常的領土戰爭毫無分別，所以即使萬一打輸，也不至於立刻點數全失或導致軍團消滅。然而剝奪白之團遮蔽對戰名單特權，揭穿白之團只是加速研究社用來掩人耳目的幌子這個手段，就再也不會管用。研究社會把從仁子手上搶走的「無敵號(Invincible)」零件，以及配有這個零件的Cerberus，培養成「災禍之鎧MarkⅡ」，在加速世界中帶來全新的——而且恐怕是遠比ISS套件當時更大規模的破壞。

這場領土戰爭，肯定將是前所未有的艱難。然而，他們非打贏不可。為了仁子，為了Cerberus……也為了過去曾經幫助春雪、引導春雪的許多超頻連線者——

「……同學。有田同學。」

春雪右肩被人輕輕戳了幾下，才嚇了一跳，睜開眼睛。

站在他眼前的，是已經收拾好東西準備回家的生澤真優。她和春雪對看後，嘻嘻一笑，彎下腰輕聲說：

「我想在暑假期間，會有很多選舉的事情要跟你聯絡，到時候要麻煩你了。」

「啊，嗯……嗯，彼此彼此。」

「我希望最好能在七月之內，決定好第四個伙伴的人選……如果你有合適的人選，可要告訴我喔。」

「啊，嗯……嗯，那當然。」

「那我們改天見嘍！」

春雪一邊回答：「嗯，改……改天見。」，一邊目送真優快步跑開。

「……剛剛那是怎麼回事？」

這時後方傳來這麼一句話，讓春雪戰戰兢兢回過頭去。

站在那兒的，是同樣已經收拾好東西準備回家的千百合。被她以狐疑的表情低頭看過來，讓春雪忍不住回答：「妳……妳誤會了。」

「我誤會什麼了？」

「沒有，這個……剛剛那只是業務聯絡……還是該叫作報聯相（註：報、聯、相，從「報告、聯絡、相談（討論）」各取一字，湊成與日文中「菠菜」同音的詞彙）……別說這些了，阿拓人呢？」

「早就去社團了啦。說開完會以後就會直接去你家。」

「啊，這……這樣啊。」

春雪頻頻點頭，快速收拾完東西站起。現在時間是十一點四十分，軍團團員預定是在十二點到有田家會合，所以不立刻離校就會來不及。

「好……好，小百我們動作快！」

「小春你喔！明明就是你跟班長在那邊講什麼菠菜還是蘆筍的吧！」

「哇，已經這麼晚啦。」

「喂，不要扯開話題！」

兩人一邊拌嘴，一邊走出教室。在鞋櫃間換好運動鞋，正要走出樓梯口，就被千百合從後一把揪住衣領。

「喂，你忘了室內鞋！」

「啊……對……對喔。」

春雪把室內鞋放進帶來的塑膠袋，然後塞進包包，再跑了出去。

從蔚藍的天空灑下的陽光，含著滿滿的剩下熱力，燒灼著春雪的眼睛。

11

黑雪公主——Black Lotus。
倉崎楓子——Sky Raker。
四埜宮謠——Ardor Maiden。
冰見晶——Aqua Current。
倉嶋千百合——Lime Bell。
奈胡志帆子——Chocolat Puppeteer。
三登聖實——Mint Mitten。
由留木結芽——Plum Flipper。
日下部綸——Ash Roller。

扣掉一點才會來會合的拓武不算，要參加從十二點開始的現場會議兼餐會的，應該就是這九個人。

春雪為了迎接接連登場的軍團女性群到來而忙得不可開交，但等到所有人都在客廳坐定後，卻忽然發現有異狀。

眾人把沙發組與餐桌拼在一起，圍坐著談笑。春雪從坐在靠出口方向，彎起手指「一、二、三……」數起這繁花似錦的人數。他再數了一遍。接著又是一遍。

「…………！」

春雪差點喊出來，趕緊用雙手摀住嘴。

——有十個人！

錯不了。從春雪的角度看去，靠近他的一排有五個人，靠陽台側的一排也有五個人。他躲進廚房，在腦中列舉每個人的名字，想查出是忘了把誰算進去，但無論怎麼翻找記憶，都只想得到九個有關的人。

這個時候，客廳傳來Chocolat Puppeteer——奈胡志帆子說話的聲音。

「我去拿新的茶來。」

一陣腳步聲後，志帆子出現在廚房。春雪一和她四目交會，就迅速對她招招手，然後對一臉不可思議的表情湊過來的她小聲問起：

「Choco，事情糟糕了……有十個人在！」

「咦？那又怎麼了？」

「應該是九個人才對！多出來的一個人，肯定是別的軍團派來進行社交工程的！」

「社交……這什麼啊，烏鴉同學？」

「呃，就是駭客(Hacker)或劊客(Cracker)，在現實世界中直接接觸目標來取得情報的手法，吧……不對不對，現在不是講解這種事情的時候了……」

這時志帆子忽然露出想到了什麼似的表情，甩了甩綁在兩側的頭髮，喃喃說道：

「咦……奇怪，你沒聽黑雪同學說起嗎？」

「咦？說什麼？」

「我昨晚就已經事先聯絡過了說……」

「啥？聯絡什麼？」

春雪探出上半身，但志帆子尚未回答，就聽到黑雪公主從客廳叫他。

「春雪，你過來一下！」

「啊……呃……呃……好……好的……」

春雪不敢拒絕，戰戰兢兢地走出廚房。

黑雪公主看到春雪警戒著微速前進，露出慧黠的微笑說：

「不好意思瞞著你，我是想看看你幾時會發現。其實，我帶了一個祕密來賓同行。」

「來……來賓，是嗎……？」

春雪一邊為了似乎不必擔心是敵對勢力的間諜入侵而鬆一口氣，一邊走到坐在沙發組當中上座位子的黑雪公主身旁，依序看了看這群女性的面孔。

結果的確有個陌生的人物，坐在千百合與三登聖實中間。

從氣質看來，年紀多半比他大——學年大概和楓子一樣吧。一身淺藍色的短袖水手服，是春雪並未見過的款式。稍長的瀏海剪成非對稱髮型，醞釀出一種相當神祕的氣息。

她淡色的嘴唇上沒有笑容，春雪覺得微微被她震懾住，但還是朝她一鞠躬。

「這……這個……幸會，我是黑暗星雲的有田春雪……虛……虛擬角色名稱是，Silver Crow。」

這位身穿水手服的女性，甩動剪斜的瀏海點頭回應，用很符合她氣質的沙啞嗓音報上自己的名字：

「你好，Silver Crow，我是小田切累。」

「小田切……小姐……」

春雪還是沒聽過這個姓氏。但他就是湧起一種覺得見過這個人的感覺，讓他皺起了眉頭。

然而等他一聽見下一句話，這種似曾相識的感覺立刻被大爆炸炸得粉碎。

「虛擬角色名稱是，Magenta Scissor。」

「…………………」

天啊～～～～！

春雪驚呼著就要往後倒，而黑雪公主似乎早料到他會有這樣的反應，伸手扶住他的背，讓他重新站好。春雪轉過去，胡亂揮動雙手嚷著：

「學……學……學姊！蒸……蒸蒸蒸蒸……」（註：蒸飯的日文「混ぜご飯」，前兩個音近似Magenta的前兩音）

「唔……中午吃蒸飯也不錯啊。」黑雪公主點點頭。

「不錯耶，搭點蘘荷、毛豆和青紫蘇，很有夏天的感覺……」楓子這麼提議。

「啊，這聽起來就很好吃！再加點碎魚肉進去嘛！」千百合舉手。

【ＵＩ＞總覺得聽著聽著肚子都餓了。】謠也給出評語，這時春雪才總算把腦袋重開機成功。

「蒸……蒸飯……不對，是Magenta為什麼會出現在這裡！」

春雪又喊了一聲，這位自稱叫作小田切累的女性終於表情一動。她嘴唇兩側緊緊揚起的妖媚笑容，的確與那個使剪刀的虛擬角色有共通之處。

「你在那個世界和這個世界一模一樣呢，Silver Crow。」

「啥……咦？是……是嗎……？」

「我今天之所以來打擾，是因為巧克小妹妹她們挖我來。」

「啊……原……原來是這樣啊……等等，挖……挖角？」

春雪猛力轉過身去，凝視從廚房現身的志帆子。

志帆子曾與Magenta展開過一場激戰，但當她和春雪對看一眼，卻嘿嘿笑了幾聲。接著改由Petit Paquet中負責扮演大腦角色的結芽，把眼鏡往上一推，發言說：

「呃，雖然也不是沒有貿然行動的成分啦，但我們昨天跑去世田谷第五戰區見Magenta，拜託她和我們並肩作戰。過程中是發生了很多事沒錯，但最終就變成這樣了……」

「等一下等一下！」

志帆子大聲喊叫，跑過來對結芽的腦袋就是一記手刀。

「好痛！」

「結芽，不要跳過最重要的地方好不好！要知道我可是超努力的！」

「…………？」

春雪歪了歪頭，Magenta——累就忽然露出微笑。

「巧克小妹妹她呀，是一個人跑來挑戰組成搭檔的我和Avo，然後系統判定她贏。」

「是……是喔！」

這真的只能乖乖吃驚。Chocolat Puppeteer是5級，而另一邊的Magenta Scissor是6級，Avocado Avoider是5級。孤身打贏合計等級是自己兩倍以上的搭檔，當然是一次非常了不起的勝利。

但志帆子再度露出難為情的笑容，搖搖頭說：

「不是啦，因為實際上我只跟Avocado一對一打了一場——不過，我覺得自己還是第一次，在單挑的對戰中打得那麼拚命。」

「這樣啊……——等等，咦，那Avocado沒來嗎……？」

春雪把視線從志帆子身上移開，累就甩動她那頭亮麗的黑髮回答：

「很遺憾，Avo沒辦法離開世田谷。因為他已經住院很久了。」

「住院…………」

累先對喃喃自語的春雪瞥了一眼，然後對身旁的聖實問起：

「我想Mint小妹妹應該知道……砧公園的隔壁，不是有一間很大的醫院嗎？」

「啊……是的，是一家致力於兒童醫療的醫院，對吧？」

「對。本來名稱叫作『國立小兒病院』，現在叫作『國立成育醫療研究中心』。我跟Avo就是在那裡認識的。」

聽到Magenta的這番話，謠迅速動了動手指：

【UI＞我以前，也曾交為了檢查失語症而去過幾次。】

「那，也許我跟Maiden有過幾次擦身而過呢。」

累露出淡淡的微笑這麼回答，然後說了下去：

「……Avo的病沒有性命危險。只是，我不能透露他的病名。他本人非常想見見黑暗星雲的團員，所以如果有朝一日，各位能來一趟世田谷第五，我會非常高興。」

「嗯……當然了。到時候，我會邀他也進軍團。」

黑雪公主這麼一回答，累就低頭表示謝意。

春雪看著她們這樣，無法不想到一件事。既然說是在醫院認識，那也就表示累自己也有必須定期上醫院或是住院的理由。

而累似乎看穿了春雪的心思，朝他看了過來。她那剪斜的瀏海幾乎完全遮住了右眼，只有左眼蘊含著強烈的光芒。

累再度露出微笑，張開了嘴唇。

「……幾年前，在成育醫療研究中心誕生了一個小規模的軍團。因為那裡有不少因為生病這理由，從小就被大人配掛上神經連結裝置然後住院或是定期上醫院的小孩。我也一樣……」

累說到這裡，看了看自己的雙手。

「……我的病叫作『古斯曼綜合症』，症狀是『手指失認』和『左右失認』……也就是會難以辨識自己的手指，還有會搞不清楚左右。只要有神經連結裝置，就可以在手指或手上加註標記，但我還是經常想到一個念頭，覺得手這種東西只要有一隻不就好了，手指只要有一根不就好了。」

春雪看著累纖細的雙手，忽然注意到她的右手手腕上，纏繞著一種淡淡的，卻呈鋸齒狀的傷痕。簡直像是曾經想用一把大剪刀，把右手給剪掉——

「……Magenta小姐，妳曾經說過妳『討厭二合一的東西』……就是為了這個原因嗎？」

春雪下意識地問出了這樣的問題。他內心不由得慌張起來，覺得自己問了很沒規矩的問題，但累面不改色地點點頭回答：

「這也是原因之一。因為像是筷子、鞋子、剪刀……還有人類的手，都是只要存在，就會創造出『左右』的概念。像在幼稚園學筷子怎麼用的時候，老師就會說什麼右手食指、拇指和中指夾住右側的筷子，左側的筷子用拇指、中指和無名指夾住……聽得我都快要發瘋了。」

累輕聲微笑，雙手放到膝上，靜靜地說下去：

「……所以，當我從在醫院認識的病童手上拿到BRAIN BURST，知道自己的對戰虛擬角色有著正常的雙手和手指時，還真有點失望。可是……最讓我失望的，是除了我以外的超頻連線者，只拿外表這個理由，就去霸凌最後加入的Avo。當時我就覺得，這樣豈不是和外面的世界沒有兩樣。可是當時的我，沒有能力阻止等級更高的他們。所以我去拿了ISS套件……把包括Avo的『上輩』跟我的『上輩』在內，所有醫療中心內的超頻連線者點數都打光了。」

一行人默默傾聽累的獨白。小規模社群的內亂與瓦解，在加速世界也絕不稀奇。但她並非只是隨波逐流，而是憑自己的意志尋求力量，行使了力量。

「……這件事，我不後悔。可是……我本來以為ＩＳＳ套件的力量可以改變加速世界，你們卻凌駕在這種力量之上。所以我，想見證你們的戰鬥到最後。如果你們允許，我希望下次可以再一次，和你們並肩作戰。當然了……那也要你們願意原諒先前做得那麼過分的我們……就是了……」

累說完這些後，有一段時間沒有任何人開口發言。

春雪微微轉頭，朝著坐在離累最遠的餐桌角落座位的綸一眼。

綸的「哥哥」Ash Roller，在上個月底的校慶前一天，被Magenta Scissor親手強制植入了ＩＳＳ套件。為了拯救受套件精神干涉所苦的綸，Ash一時間甚至做出了覺悟，要請軍團長用「處決攻擊」讓他永遠離開加速世界。

後來他們在這種精神干涉造成嚴重問題之前，驚險地破壞了套件本體，但綸與Ash因此飽受過折磨，仍是不爭的事實。綸會如何看待Magenta的這番話呢——

這時，原本一直微微低頭的綸抬起頭來，看了春雪一眼。

她露出一貫的柔和微笑，緩緩點頭，上身往後弓起，深深吸一口氣——

「Nothing值得妳困在已經過去的事情Forever——！」

這聲突如其來的大喊，讓所有人都嚇得後仰。

綸難為情地紅了臉，縮起脖子，用細小的聲音說下去：

「……換做是哥哥，我想他就會這麼說。哥哥他……Ash Roller，的確和Magenta打過，被植入了ＩＳＳ套件。可是我想，他透過ＩＳＳ的平行回路，感受到了些什麼……感受到了主動尋求ＩＳＳ套件之力的Utan、Olive……還有Magenta你們的心意……」

照理說，小田切累應該不知道Ash Roller與日下部綸之間這種不可思議的關係，但她什麼都不問，低下頭去，看著留有淡淡傷痕的右手，五根手指輕輕合上。

「……有十個超頻連線者，就有十種正確答案。」

黑雪公主突然發出堅毅的聲音。

「我的師父Graphite Edge，以前就曾這麼說過。當時的我，還以為他又是在耍帥，所以聽聽就算了……但現在回想起來，就覺得也許真是這麼回事。不用說也知道，我追求升上10級的『正確』，對其他諸王來說無疑是『錯誤』……而我們相信白之王與加速研究社的行徑是大錯特錯，但對他們而言，說不定卻是無可動搖的正義。沒錯……所以我，不打算把Magenta Scissor的所作所為定罪為惡。既然她不是只圖一己私利，而是為了造福許多超頻連線者，那就更是如此……」

累聽到這番話，咬緊了下唇。

她閉上眼睛，眉頭微微皺起，維持了三秒鐘左右，隨即全身鬆懈下來，用一貫的冰冷表情

——不，她的左眼中有著先前所沒有的堅定意志光芒，轉動整個身體面向黑雪公主。

「黑之王——Black Lotus，請妳准許我和Avocado Avoider，作為你們軍團的一份子，和你們並肩作戰。」

她一鞠躬，舉起雙手，一瞬間有所遲疑，然後直接把雙手就這麼往前伸出去。

「——我不能准許。」

黑雪公主先靜靜地這麼宣告，然後露出柔和的微笑說下去：

「因為無論是我還是我的這些伙伴，都沒有任何理由要妳請求我們准許——Magenta Scissor，我才要請你們多多指教。大戰當前，有妳這樣靠得住的伙伴加入軍團，讓我非常高興。」

黑雪公主最後又露出一次微笑，也用雙手執起累的手，牢牢握住。

累始終低著頭，臉孔被垂下的長瀏海遮住，但連春雪也看出了她薄薄的嘴唇像是在忍耐而緊繃。春雪心想，唯一可以確定的，就是她忍耐的既不是憤怒，也不是悲傷。

黑雪公主與小田切累透過有田家家用伺服器，進行一場正規對戰——也不知道是令人遺憾還是讓人鬆一口氣，為了養精蓄銳當中，並未實際進行戰鬥——藉此完成加入軍團的手續後，眾人就開始進行午餐的準備。

畢竟有著女性群十個人，加上一名男性，再加上一點之後會來會合的拓武，合計共有十二個人，是目前所舉辦過最大規模的餐會。春雪真摯地提議說：「我家多得是冷凍披薩喔」，但立刻遭到千百合否決。

「我說你喔，我們已經完全進入蒸飯模式了啦！」

「是……是這樣喔……可是，總不能只吃白飯……」

「話是這麼說沒錯啦……不過只要把蒸飯捏成飯糰，加上一道配菜，再煮一道湯就可以了吧？畢竟是午餐。小謠，妳覺得搭什麼好？」

【UI＞我想想……湯就來點夏日風情，弄個蠶豆和風濃湯如何？】

「喔喔～最近的國小生還真的知道不少時髦的菜色呢。」

千百合從後捕獲謠，用雙手捏著她的臉頰快速輕扯。

【UI＞請噗要者樣】千百合一邊欣賞她打字錯亂的模樣，一邊問起：

「那，另一道配菜呢？」結果從意料之外的地方得到了意見。

「炸雞塊。」

「咦……？」

千百合朝發言者晶看去，這位在會議中一直保持沉默的「保鏢」，就以極為正經的表情複誦了一次：

「飯糰，要配炸雞塊。」

所有人都只能默默點頭。

菜色已經決定，所以就由春雪擔任採買部隊的隊長，趕往購物商場的食品賣場。靠著黑雪公主設計的購物效率化APP的威力，春雪只花五分鐘，就把內容十分多樣的採買清單搞定，還順便得到了一點蝴蝶點數，回到自己家去。

接下來就幾乎沒有春雪出場的機會了，畢竟有田家的廚房，已經被多達十個女生擠得水洩不通。他一邊幫蠶豆剝皮，一邊擔心害怕地想著萬一母親有什麼事情跑回家來，真不知道會怎麼樣。

不管怎麼說，人力確實偉大，等到下午一點，幾乎就在拓武按了玄關門鈴的同時，桌上已經豐盛地排出了「竹夾魚碎肉、毛豆、蘘荷與青紫蘇的蒸飯飯糰」、「蠶豆與豆漿的和風冷濃湯」、「特大盤炸雞塊」這樣的菜色。

拓武跟在春雪後面踏入客廳後，看到擠滿整個客廳的女性群，以及堆得有如一座小山的炸雞塊，當場呆住半晌。

「……小春，該怎麼說呢……我總覺得這個狀況怎麼想都不像是現實……」

聽到兒時玩伴發出這樣的驚呼，春雪輕聲回答：「你現在就嚇到還太早啦。」接著對小田切累招了招手。

等兩人面對面站好，春雪就清了清嗓子，然後以右手介紹：

「呃，小田切小姐，這位是黛拓武……Cyan Pile。」

「……幸會，很高興能在現實世界見到你。」

累又露出她的Magenta微笑，讓拓武以狐疑的表情回禮。春雪又清了清嗓子，這次改舉起左手。

「然後阿拓，這位是新加入軍團的小田切累……Magenta Scissor。」

「妳好，幸會……」

拓武先伸出右手，然後才難得發出像是在說「瑪尖札？」的怪聲，嚇得整個人往後仰。

儘管黑暗星雲的餐會已經頗有歷史與傳統，十二人的人數仍是前所未見，所以主廚千百合與副主廚謠都特意準備了不只是充分的量，但二十分鐘後，飯糰、濃湯與炸雞塊，都消失得乾乾淨淨。

但話說回來，倒也不是不夠吃，眾人都已心滿意足的表情齊聲唱和「謝謝招待」，合力收拾乾淨後，時間已經來到下午一點三十分。

軍團長黑雪公主與副團長楓子把所有人集合到客廳，然後並肩背向陽台站好。

「首先我要問清楚，就讀梅鄉國中以外學校的團員，今天也都結束了第一學期的結業典禮，這沒有問題吧？」

黑雪公主首先這麼問了，楓子、謠、累、綸與晶，都不約而同點了點頭，志帆子也代表她們三人回答：「沒有問題！」

「嗯。這麼說來，在場的所有人，都是從明天開始就放暑假了。相信各位都有許多開心的計畫，我當然也是有的……」

她說到這裡，一瞬間先朝春雪望了過來，他就以思念回答：「我也很期待山形旅行！」雖然不知道是否已經傳達清楚，但黑雪公主微微一笑，繼續演說：

「為了讓這個暑假過得快樂又充實，今天與震盪宇宙的領土戰爭，我們絕對不能輸。很遺憾的，照計畫我要留下來防守杉並戰區，但我們也多了可靠的同伴，相信各位一定能夠達成目的——萬事拜託大家了。」

黑雪公主一鞠躬，她身旁的楓子高高舉起右拳。

「各位，讓我們好好努力，帶個好結果回來報給小幸吧！」

其餘十人大聲應和的聲音，迴盪在整個寬廣的客廳之中。

下午一點四十分。

現階段一共十一人——把大天使梅丹佐也加進去就是十二人的黑暗星雲，再加上系統上仍隸屬長城的日下部綸，一起從有田家出擊。

說是出擊，但並非像過往的任務一樣，連進無限制中立空間。眾人依序在玄關穿上鞋子，採兩列縱隊，開始走在大樓的公共走廊上。

他們要去的第一站，是位於ＪＲ中野站附近的綜合商業設施「中野中央公園」。路程約有一千兩百公尺，但即使徒步，也是只要十五分鐘就能抵達。

春雪和拓武並肩走在整群人的最後面，這位兒時玩伴就小聲對他說：

「……小春，我覺得也許已經差不多是時候，該認真思考我們軍團男女比例嚴重不均的問題了……」

「我完全同意……」

春雪雖然這麼回答，但看著這群女生穿著多達六種制服——只有晶一如往常地穿著牛仔褲——一起英勇地走在大街上，模樣簡直像是電影裡的一幕。要說他完全不想偷偷錄影下來，那就不得不說這是謊言了。

「……啊，可是，也許再過一陣子就會小有改善了。」

春雪小聲說完，拉了拉走在前面不遠處的日下部綸襯衫衣襬。等綸回過頭來，就這麼拉她離開前面的女生群，小聲問起：

「日下部同學，請問一下，Utan和Olive他們兩位沒問題嗎……？」

「啊……是的。他們應該已經在中野第一戰區待命……」

「這樣啊。那，就只剩下加入手續了啊。」

拓武在一旁聽著他們兩人的談話，不可思議地歪了歪頭。春雪只先告訴他說「晚點我會跟你說明」，然後思索了一會兒。

Ash、Utan、Olive這三人組提出要加入黑暗星雲，這件事他已經告訴黑雪公主。嚴格說來，他們希望的是有期間限制的投奔，只到與加速研究社的戰鬥做出了斷為止，但黑雪公主仍然毫不猶豫地答應。畢竟戰力無論如何都不嫌多，而且既然是Ash他們，也就不必懷疑是間諜的可能。

「……仔細想想，這一週來，增加了好多同伴啊……」

春雪一邊等著電梯，一邊半自言自語地說著。

Petit Paquet三人組、Megenta Scissor與尚未正式加入的Avocado Avoider、Ash三人組。若再加上梅丹佐，算來一共就達到十六個人。除此之外，更有一名春雪正等候聯絡，極為可靠的人物——

而且黑暗星雲在十幾分鐘後，就要面臨與日珥的合併交涉。如果一切事項都能順利達成共識，就會一口氣誕生一個規模將近五十人的新軍團。即使和其他諸王的軍團相比，這樣的戰力也絲毫不顯遜色。

當然了，對於軍團變大，還是有令人擔心的地方。臨時湊成的大軍團能否團結一心，會不會因為意見對立而再度分裂……

——不對。

——我真正害怕的，是現在這個麻雀雖小五臟俱全，待起來很自在的黑暗星雲就這麼消失。害怕自己埋沒在等級與實力都比自己高的超頻連線者當中，讓Silver Crow失去自己的一席之地。

這是極為利己而自私的擔憂。然而他絕對無法否認內心深處的角落，存在著這種心情……

「…………小春。」

忽然間，聽見拓武在他耳邊輕聲說話。

「讓一開始只有你和軍團長兩個人的黑暗星雲，茁壯到今天這個地步的人就是你啊。就是因為你一直拚命努力，才會有這麼多人聚集到這面黑色的旗下……我也不例外。」

「……我，就只是，什麼也沒多想……」

春雪小聲這麼回答，就被拓武在背上用力拍了一記。

「那你以後也繼續這樣不就好了？你不是還有很多目標嗎？只要朝著還非常遙遠的目標，心無旁騖地持續往前飛，就可以了。這樣一來，我……大家一定都會永遠跟著你。」

「……聽你這麼一說，背上實在有點癢……不過，的確，現在真的沒有時間停下腳步了啊……首先，今天對上震盪宇宙這一戰，就非得竭盡全力不可……」

春雪這麼一回答，然後用左手輕輕摸了摸才剛取得的升級獎勵所配備的部位。

無論軍團變得多麼壯大，黑雪公主都是軍團的核心，這點永遠不會改變。就像一顆在黑暗星雲中心發出巨大引力的第一顆恆星。

電梯抵達，十二個人擠得像是沙丁魚罐頭，但仍勉強一次就裝下了所有人，開始往地面下降。

星期六午後的購物商場極為熱鬧，但這個學年與制服都五花八門的集團，似乎仍格外引人注目。但女性群對此絲毫不顯得在意，拖著最後排的兩個男生，光明正大地縱斷購物走廊，在入口大廳的角落先停下了腳步。

出了大屋頂後出線在前方的紅磚前花園，在盛夏的陽光照耀下發出白色的光芒。決定整個軍團未來的合併會議——以及與震盪宇宙的決戰，就在這團白光中等著他們。

黑雪公主讓一頭黑髮輕柔地甩動，轉過身來。她背負著強烈日光站立的身影，輪廓被照得模糊，彷彿籠罩著一層發光的氣當中。

軍團長依序看了看眾人，發出堅毅的嗓音說：

「那麼——我們走吧！」

（待續）

後記

非常感謝各位讀者看完這本《加速世界19　黑暗星雲的引力》。

寫完了這已經成為慣例的一句話後，我想到：「咦……真的是19集嗎？不是才出到17集左右嗎？」然後查看了一下，發現果然是19集。哎呀，真的是不知不覺間就愈出愈多集了呢……

現在進行中的《姊姊篇》，更正，是《白之團篇》，是在第17集開始，所以算來這一篇已經寫到第三集。總算是完成了各方面的準備，眼看就要展開決戰，我是希望能想辦法在下一集就做個了斷。

（敬請注意！以下將提及本集內容！）

在這第19集當中，圍繞黑暗星雲的狀況有了很大的改變。在早期的構想裡，是計畫在楓子等「四大元素」之後，繼續讓軍團成員慢慢增加，但莫名的卻演變成在這一集一口氣加入的情形……拓武在內文中也提到過，軍團內的男女比例不均衡，已經漸漸達到危險的地步，所以這個部分也希望能在今後慢慢取得平衡。雖然我並不覺得有這麼容易平衡過來（笑）。

只是話又說回來，一旦和隔壁軍團的合併案成立，名冊上的男性型比例應該會增加相當多……不過眼前「三獸士」當中剩下的兩個人，也就是卡西和波奇，終於在封面登場了。我想他們應該會是很靠得住的伙伴，還請各位讀者多多給予支持與愛護！

好了，我想《電擊文庫　秋季祭典2015》應該已經搶先在這本第19集之前發表，而加速世界的新作動畫已經確定要做下去了！製作當然是由SUNRISE第八工作室負責，各位主要工作人員也都繼電視版動畫之後繼續參加，謹在此深深感謝為了實現這項企畫而盡心盡力的諸位相關人士，同時當然也要感謝一直支持加速世界的各位讀者。

其中的內容，我想會一步步往各種媒體上釋出，但就時間順序而言，應該會是比現在正在演的《白之團篇》更遠一點的未來。預計在套裝版發售之前就先進行劇場公開上映，如果各位讀者能先用大螢幕看個過癮，那就太令人欣慰了。

把大舉增加的女性角色大舉畫進對開彩頁的插畫師HIMA老師、華麗地管理好走鋼索般驚險行程的責任編輯三木先生，這次也非常感謝你們。那麼各位讀者，我們第20集再見了！

二〇一五年九月某日　川原　礫

國家圖書館出版品預行編目資料

加速世界. 19, 黑暗星雲的引力 / 川原礫作 ; 邱鍾仁譯. -- 初版. -- 臺北市 : 臺灣角川, 2016.07
面 ; 公分

譯自 : アクセル·ワールド. 19, 暗黒星雲の引力
ISBN 978-986-473-199-2(平裝)

861.57 105009533

Kadokawa
Fantastic
Novels

加速世界 19
黑暗星雲的引力

（原著名：アクセル・ワールド 19　─暗黒星雲の引力─）

2016年8月11日　初版第1刷發行
2021年9月15日　初版第3刷發行

作　者：川原　礫
插　畫：HIMA
日版設計：BEE-PEE
譯　者：邱鍾仁

發行人：岩崎剛人
總編輯：蔡佩芬
主　編：朱哲成
美術設計：吳佳昫
印　務：李明修（主任）、張加恩（主任）、張凱棋

發行所：台灣角川股份有限公司
地　址：104台北市中山區松江路223號3樓
電　話：（02）2515-3000
傳　真：（02）2515-0033
網　址：www.kadokawa.com.tw
劃撥帳戶：台灣角川股份有限公司
劃撥帳號：19487412
法律顧問：有澤法律事務所
製　版：尚騰印刷事業有限公司
ISBN：978-986-473-199-2